PICTURE BOOK

绘本艺术之旅 The Grand Tour of Picturebook Art

与插画家同行

意大利站

邓早早 编著
[意] 玛德莱娜·欧利阿尼
(Maddalena Oriani)

机械工业出版社
CHINA MACHINE PRESS

献给我的奶奶张秋红。—— 邓早早

献给 Alberto 和 Aurelia。—— 玛德莱娜·欧利阿尼

序

绘本是艺术吗？

一开始这似乎只是一个简单的问题，几分钟后却让我们陷入了沉思。谈论绘本不可避免地需要融合不同领域的视角。虽然这类书常被归类为文学作品，但是它由图像支持的叙事也考验着我们对视觉艺术的理解。而且，绘本的核心读者是孩子，因此我们看待这类书也无法回避教育的立场。

为了让问题保持原有的简单，我们决定从观察这个研究对象入手。搬来一摞绘本，我们可以像孩子初次接触新鲜的事物那样，先感受它们的物理特征，再了解其内在。简单地看，这些绘本都是书，有封面和书脊，虽然它们的开本大小不一，页数却不同寻常地一致，大多数都是 32 页。

初见一本绘本，我们不由自主地先被它的封面所吸引，这是探索绘本独特叙事语言的起点。一张图画和一个标题，这似乎与其他书没有不同。但再仔细看，封面上的图画正在与文字对决，或是共舞，双方都为我们理解这本书提供不同的线索。此时的图画不再是装饰性元素，相反它承担着叙事的重任。这种视觉媒介和文本的互动可以视为绘本的基本特征。

在翻页间，一种图文合奏的魔法被创造着，它在我们内心泛起情感的涟漪。但在我们指尖还存在着另一种神秘力量，它暗示了这门艺术的整体性和物质性。绘本的开本、纹理与光泽都在打造着一种多感官参与的故事体验。我们眼前的这些物品不能被简单地看作是故事的载体。绘本自身即是一个叙事媒介，它建立了一个空间，让幻想自由穿梭在现实之间。

定义一件艺术品，我们想到的是能与观者交流的作品。而绘本，融合多种媒介，鼓励读者与书这一物品产生互动，无疑可以被称为一门艺术。

任何艺术品都有自己的主人，绘本也不例外。尽管在多数人眼里插画家的身价不比在画廊展出作品的艺术家，但今天对绘本独特的美学价值的发现，正悄然改变着人们的看法，推动着插画作为一种表现艺术的兴起。这一群在绘画中观察、思考和写作的艺术家，和他们奉行的图像叙事艺术，引发了读者越来越多的好奇与敬畏。

在众多出版物中，绘本似乎拥有最广泛和平等的受众。它更像是一座开放给孩子和成人参观的美术馆，每个人都能近距离地感受它的深度、美学和趣味。这一艺术幕后的创作者不仅要与迫切了解世界的小生命对话，还肩负着与成熟的思想交流的责任。最终在书店陈列的绘本是艺术家们反复推敲、思索与实验的结果。

绘本创作神秘、复杂，但是关于这门艺术的探讨主要掌握在学者和书评人的手里，而且着眼点多为教育价值或技巧方法。关于绘本美学的讨论常常是碎片化、无组织的。为此，我们感到有必要聆听"局内人"的声音，去了解绘本创作背后真实的情感、理念与实践。于是，我们的艺术之旅又加入了一群真诚的艺术家，有世界级绘本大师，亦有象征新势力的新锐插画家。

为了在有限的页数里讲好一个故事，这群艺术家们努力思考着如何打造丰满的角色、关键的行为、合适的节奏和情绪氛围。不仅如此，他们还要学会与灵感枯竭的焦灼和平相处，与市场的运作、政策的制约妥协斗争。绘本创作，远不止是对叙事创意表达的思考，它也是一场倾注无限的热情与努力的自我修行。

在与大师交流后，我们更加信服绘本创作是一门艺术，但仍然难以用一个确切的定义去概括它的丰富性。或许我们可以说，绘本是一种兼收并蓄、千变万化的艺术形式，它通过文字与插画共同演绎故事，将美学规则与文学手法融合。绘本这门独特的艺术，正挑战着公认的艺术对美学的定义，逐渐占据重要的文化地位。本书表达了我们热切的渴望，去讨论这门正在塑造时代的新兴艺术。

前　言

意大利插画 艺术与设计的游戏

欧洲艺术包罗万象，难以一概而论，因为这片大陆上兴起过无数多元化的艺术运动，不同观点在这碰撞、融合，绘本艺术亦如此。为了展现欧洲当代绘本的面貌，我们策划了这一系列，而在第一辑我们决定走进意大利。

从地理位置上看，意大利位于地中海之滨，它也因此被称为通往欧洲的入口之一。这似乎能解释为什么它是这场美学之旅的起点，但其实还有一个更重要的原因。

本书的核心是艺术。每个人可能都会想到那个寻常的赞词，即意大利是美学的摇篮，是西方艺术的发源地。的确，在过去几个世纪，意大利一直是贵族子女拓展艺术知识的理想游学地点。这个国家在艺术、建筑和人文方面都有不可否认的杰出成就，但是我们选择从这个半岛开启这趟艺术之旅的理由，缘于一个小而闻名遐迩的城镇——博洛尼亚（Bologna）。

如今，博洛尼亚童书展的文化之音在世界各地引起回响。它是最早认识到插画艺术价值的展会之一，也是儿童文学的学术辩论的起源地之一。1964年，第一届童书展在博洛尼亚举办，直至今日它已成为出版社与插画师碰面、握手的盛会，也是众多青年艺术家梦想的实现之地。在许多插画家对职业生涯的回顾里，似乎都有这样一句论述："当时我带着作品集去了博洛尼亚童书展……这么多年过去了，我们还在合作着。"

博洛尼亚童书展最初只有44个展位，而现在有来自80多个国家的上千个展位。它设立的博洛尼亚最佳童书奖（Bologna Ragazzi Awards）是当今儿童文学出版领域最受瞩目的奖项之一。来自意大利文化小城的博洛尼亚童书展，在半个世纪后成为世界儿童插画审美的风向标。因此，这个半岛是我们初步探索插画艺术的理想选择。

意大利插画艺术的诞生可以追溯到1800年左右的教育领域。当时插画的教育对象不仅有孩子，也包括了文化水平较低的成人。创作这些插画的是一群匿名的画家，被称为"figurinaio",他们的任务就是去为大众文本绘制以教育为目标的图画,所以,在插画家迎来他们的时代以前,他们的身份地位是与教科书的发展紧密关联的。

直到十九世纪末,插画具有娱乐性的理念开始出现。这个时期最著名的作家之一是卡洛·科洛迪(Carlo Collodi),他的《木偶奇遇记》在现实主义的浪潮里开辟了幻想叙事的道路。恩瑞科·马桑帝(Enrico Mazzanti)、古斯塔沃·皮亚托利(Gustavo Piattoli)和阿道夫·邦吉尼(Adolfo Bongini)都是这一时期的代表插画家,他们挣脱说教的枷锁,颠覆现实主义,以模糊叙事艺术和趣味想象创新了插画书风格。二十世纪初,Fratelli Fabbri 和 Unione Tipografico-Editrice Torinese 出版社的插画书以精湛的技艺和氛围感让读者震惊。而意大利插画领域的文化革命,开始于设计与出版的相遇。

视觉设计师布鲁诺·穆纳里(Bruno Munari)是最早把书籍本身视为叙事媒介的艺术家之一。他率先将设计、游戏与教学融入书籍艺术。1949 年,穆纳里设计并出版了一套丛书,叫作"无法阅读的书"。书不再只是故事的载体,它作为物品的本质成为叙事的一部分。书籍和它的组成部分——材质、厚度、克重、颜色及其变化,都开始成为叙事的一种表达媒介。穆纳里的研究建立于将阅读视为一种多感官参与的审美体验。视觉和触觉经验的紧密关联,读者与书本的深度互动成为后继艺术家们在绘本创作中不断思考的关键问题。

另一位打破十九世纪僵化的插画传统的大师是艺术家埃马努埃莱·卢扎蒂(Emanuele Luzzati)。在贾尼·罗大里(Gianni Rodari)掀起的幻想革命的感召下,这位才华横溢的插画家开始与肌理、材质和色彩游戏,用生动和富有表现力的手法创造奇妙的场景和人物。卢扎蒂的视觉研究一向追求在描绘现实与奇思妙想之间维持平衡。正如罗大里所言,与孩子交流的秘诀不是假装成孩子,而是做一个能与幻想游戏的大人,如此才能有机会与孩子在永无岛相遇。因此,罗大里与穆纳里在 Einaudi 出版社的合作成为意大利儿童文学史上的一个里程碑。幻想是他们共著书籍的一大特点。穆纳里突破了十九世纪关于儿童读者审美的陈旧观念,他玩转抽象的概念去诠释罗大里故事的核心思想。抽象或者定义不明确的图形取代了写实的图像,不仅诠释了罗大里文本的思想，还赋予了更多的内涵。穆纳里让铅笔在纸上舞蹈，而不是描画现实。他与儿童读者游戏，激发他们的情感和互动。

与此同时，另一对由设计师和插画家组成的知名搭档——恩佐·马里（Enzo Mari）和伊拉·马里（Iela Mari），也在定义儿童书籍的新方向。他们认为理解现实对孩子而言是不小的挑战，于是创造具有高度图像互动性的绘本，通过形状与颜色紧密互动的图像，向孩子们解释复杂的概念，例如生命的循环和进化，以此拓展读者想象力与故事之间的关系。伊拉·马里由Emme出版社发行的绘本是意大利最早的一批无字绘本，仅凭极少量的文字，却讲述了简单而富有诗意的故事。孩子们能专注于简单的图像，与它们包裹的幻想力量互动。

此后几十年里，绘本插画的最佳风格，与儿童的审美倾向，仍然是人们热议的话题。以分析和研究绘本艺术闻名的重要组织是位于萨尔梅德（Sarmede）的萨弗雷尔基金会（Zavřel Foundation）。谈及对意大利绘本的推动发展，它有着和博洛尼亚童书展同样重要的地位。艺术家斯蒂恩·萨弗雷尔（Štěpán Zavřel）渴望建立一个场所去推广和研究绘本，让幻想和想象成为一项人权，被年轻一代传承和学习。在他的基金会支持下，这个坐落在意大利东北部的小村庄成为连接世界绘本艺术家的地方。在这里，许多插画家有机会与绘本大师见面，一同探讨绘本艺术，推动意大利插画书籍的文化交流和研究。此外，欧洲设计学院（Istituto Europeo di Design）、博洛尼亚美术学院（Accademia di Belle Arti di Bologna）、米兰国际插画学院（Mimaster）、乌尔比诺工艺美术高等学院（Istituto Superiore per le Industrie Artistiche）等多所院校也培养了很多优秀的青年插画家，为这门艺术注入了更多新鲜和多元的血液。

意大利绘本之所以在世界出版领域崭露头角，还离不开先锋出版社的试验与创新，代表性的出版社有Topipittori、Corraini和Kite。这些出版社不断打破绘本的既定概念，发掘一群致力于深度研究视觉和内容的创作者。

Topipittori出版社是一家专门出版儿童和青少年插画书籍的出版社。每一本精心策划的绘本背后都是对艺术审美、教育价值和文学知识的思考。在他们的出版理念里，绘本是知识、游戏、智力、情感和审美教育的工具。作为一种特殊的媒介，绘本有创造丰富体验的可能性，它所承载的思想对认识自己和世界都至关重要，而且它培养了孩子通过符号去阅读、理解，并反过来解构和表达现实的能力。

Corraini 出版社是一家诞生在美术馆旁的出版社，这也解释了它与艺术、设计和插画的深刻联系。这家自称为"编辑工作坊"的出版社吸引艺术家、插画家和设计师前来试验他们的创新项目和书籍。在艺术家代表布鲁诺·穆纳里的影响下，Corraini 出版社的作品更加关注内容与书籍形式的互补。书籍不只是叙事的工具，而是艺术家的概念空间，创造力和想象力是他们作品的主旋律。Kite 出版社将绘本定义为促进读者情感和文化成长的工具。它的目标是出版跨年龄、提供多种体验层次、在读者的人生留下印记的绘本。这些都基于创始人对插画直抵人心的艺术魅力的信念。他们敢于凭借图文的互补力量，去挑战困难的议题，让读者的思想像风筝一样自由。

Edizioni EL 出版社、Babalibri 出版社和 La Margherita 出版社可被视为意大利的老牌童书出版社，它们推动了意大利绘本的历史进程，并持续地引进优质的外国儿童文学作品。新颖与传统相结合，让它们的作品拥有经久不衰的魅力。La Margherita 出版社出版了罗伯特·英诺森提（Roberto Innocenti）的作品，这成为意大利儿童文学的另一个里程碑。英诺森提用视觉象征编织梦境与现实，在图像故事里讲述严肃的历史议题，颠覆读者对童书的想象。

想要定义意大利绘本的风格似乎是不可能的，但很清楚的是实验精神把这些领域内的杰出人物联结在一起。将大师的作品并列，很难发现风格的相似之处，因为每一个插画家都在演绎不同的故事和氛围。说到文艺复兴艺术，人们可以用"透视法"来概括这一时期意大利艺术杰作的一大特征，然而今天的意大利绘本艺术的共同点不在于技巧，而是创作的理念与实践。尽管每个插画家建构着以个人的规则和方向运行的宇宙，但是他们都继承了前辈们试验和质疑图像与读者关系的勇气。因此，在这场旅程中，我们将去探索二十一世纪初的意大利绘本艺术，通过对话十位当代大师和新锐插画家，去了解他们如何继续这门伟大的视觉叙事艺术。

目 录

序

前言
意大利插画 艺术与设计的游戏

贝娅特丽丝·阿勒玛尼娅 /012
不完美是童年的自由

塞尔吉奥·鲁泽尔 /032
小故事与小角色的力量

菲丽西塔·萨拉 /056
真实的人生也可以是一场精彩的冒险

莫妮卡·巴伦戈 /078
给予不曾被看见的事物闪光时刻

玛利亚基娅拉·迪·乔治 /100
平凡日常的诗意描绘

亚历山德罗·桑纳 /118
风景如何讲述人生

弗兰切斯卡·桑纳 /136
讲述属于每个人的图像故事

马可·索玛 /154
动物和自然是体会故事的共情线索

西蒙·雷亚 /176
每个故事都有它专属的视觉风格

弗兰切斯卡·德里欧多 /198
如果改编童话是一次剧场创作

著者及作品一览表 /216

致谢 /220

贝娅特丽丝·阿勒玛尼娅

不完美是童年的自由

插画家 贝娅特丽丝·阿勒玛尼娅
Beatrice Alemagna
出生地 意大利 博洛尼亚（1973）
代表作 《一只狮子在巴黎》《无所事事的奇妙一天》《很棒的胖胖毛茸茸的小东西》《小孩是什么？》《玻璃女孩吉赛尔》《五个坏家伙》《哈罗德·史尼珀波特最棒的灾难》

"我喜欢在意料之外的地方发现美，比如在错误的交叠处、能力不足的漏洞里和脆弱的裂缝之间。我热爱不完美，因为它很重要，因为人的一生就是不完美的、充满曲折的历练，因为我们都是不完美的集合体。"

不完美是童年的自由

01

一双富有魔力的手,在刮痕和污渍深深烙印的桌子上实验着。大大小小的铁罐装满了彩铅、笔刷和胶棒。在同一张桌子上,除了遍布的蜡笔泥、铅笔木碎、橡皮屑,还有从旧报纸、老照片和杂志剪下的各种纸片,混杂着布料和针线。贝娅特丽丝·阿勒玛尼娅亲切地称呼这里为她的"绘画兵器坊"。

在剪刀与铅笔交锋之间,创作规则似乎并不存在,一切都遵循着本能。阿勒玛尼娅对创作的自由怀有极强的信念,她的艺术过程更像是一场实验。她敢于借由不相融的材料、活泼跳跃的排线、大胆的色彩对比和零碎的小玩意,去讲述童年幻想的瑰丽与神秘。

没有任何条框的限制和拘束,阿勒玛尼娅的图像表达着一种不完美、自由与叛逆的美学。她极力避免说教与刻板的叙事方式,允许,甚至歌颂错误的存在。混乱、天真和不循章法才是她讲述故事的重要信条。

这位艺术家充分信任和崇敬孩子,在她的每一个故事呼之欲出的是一种想与小读者对话的迫切愿望。阿勒玛尼娅歌颂孩子显露脆弱和不完美的自由。她笔下的角色滑稽搞笑、倒霉笨拙,但都是她从孩子身上看到的脆弱与本性。与孩子共情的天赋注定了她能灵敏地演绎儿童世界的渺小和精彩。阿勒玛尼娅体恤每一个孩子。对于他们纯真幼稚的想法、奇怪的习惯和行为、令人抓狂和费解的情绪,她不施加判断,而是留下更多接纳、对话和包容的空间。

01, 02
《很棒的胖胖毛茸茸的小东西》
Le merveilleux dodu velu petit, 2014

贝娅特丽丝·阿勒玛尼娅
Beatrice Alemagna

童年的不完美,在阿勒玛尼娅眼里不是缺憾,而是可以保留、歌颂,加以塑造以彰显孩子与众不同的创意原点。大人眼中孩子个性的缺失,都经由她的双手被修补成独一无二的艺术品。这位艺术家鼓励读者透过想象发现不完美事物的美丽一面,她的作品传达着对生活保持乐观的态度。

作为轻盈艺术的奉行者,阿勒玛尼娅总有办法在轻松的冒险故事中讲述成长的艰巨任务。她的作品邀请读者与主人公一同历经从脆弱向富有力量的蜕变。不完美的角色,找寻自我在世界的位置,从内心汲取与现实对抗的能量。小读者们也慢慢学会与自己的不完美自洽,在寻找自我的旅程中笃定前行。他们并不孤单,因为阿勒玛尼娅真挚而深刻的话语在他们的耳畔低吟,稚拙而热烈的图像直穿心灵。

大师的作品是向珍贵童年的致敬,我们也不禁好奇她有怎样精彩的童年生活。

在童书之城博洛尼亚的成长经历影响您后来选择成为一名插画叙事艺术家吗？

博洛尼亚这座城市孕育了我的想象力。我从10岁时就开始参观童书展。但是在这之前，我已经对绘画满怀热情。我对插画书的热爱并非来自书展，而是源自我与书籍的亲密联结，还有绘画和故事在我心中唤起的情感。12岁左右，我就带着书在博洛尼亚童书展四处走动了，当时展览还比较冷清。在那个年代，成为儿童插画家的职业想法和杂技演员差不多，人们甚至都不知道插画家是什么。很多时候，当我和别人谈论这一梦想时，他们都会翻白眼，觉得这是一个滑稽的爱好，而非一份体面的工作。

从小住在博洛尼亚的幸运之处便是我常常有机会见到出版界的大人物，他们碰巧拜访了我父母的家。比如改变我人生轨迹的克里斯蒂安·阿巴德·克莱克（Christiane Abbadie-Clerc），她是蓬皮杜中心公共咨询图书馆（Bibliothèque publique d'information du Centre Pompidou）的负责人，也是博堡区儿童图书馆的创始人。当时我还是个小女孩，克莱克就对我的画作充满兴趣，想挑选其中一幅展览。就在1987年，14岁的我有幸与安德烈·弗朗索瓦（André François）、亨利·加勒隆（Henri Galeron）、约瑟夫·威尔康（Józef Wilkón）、托尼·罗斯（Tony Ross）等大师一起在蓬皮杜中心（Centre Georges-Pompidou）群展。

03, 04
《玻璃女孩吉赛尔》
Gisèle de verre, 2019

贝娅特丽丝·阿勒玛尼娅
Beatrice Alemagna

您曾说您等待了一辈子去学习创作绘本，可后来为什么没有进修插画课程呢？自学的经历反而塑造了您独树一帜的艺术风格和富有创意的视觉表达吗？

我的父母反对我在高中学习艺术的想法。当我有做决定的自由时，我犯了一个严重的错误。当时互联网还不发达，我被录取到意大利当时唯一的编辑图像学校——乌尔比诺工艺美术高等学院，结果便是漫长的四年我都在学习分页和排版。但在今天看来，我相信自学的经历帮我找到了独属于我的想象和设计图像的方法。我开始做书时，儿童绘本中还比较少见违背正确透视原理、抽象变形、由粗糙技法绘制而成的插画。在对完美透视和造型技巧一无所知的情况下，我似乎创造了一个不寻常的世界，而这一切其实都源于我技法的不足。在《玻璃女孩吉赛尔》里我试着在阴影处叠加颜色，这也变成我后来的创作主旋律。尽管我对技巧知之甚少，但我想要绘画的渴望赋予我的作品，正如我的读者常常告诉我的——自由的浪潮。

04

不完美是童年的自由

您曾说您在内心为自己搭建了一所艺术私校。在那里，您是如何学习插画创作的？

我很难将自己定义为插画家，因为我只是喜欢讲故事和创造旅程。我认为绘本就像一场旅程，我很荣幸能够创造这样的旅程，然后邀请读者参与进来。我从未真正地进修过插画课程，但我自己明白如何通过观察和试验来画画。

我心中最重要的大师之一是布鲁诺·穆纳里。他在《漆黑的夜晚》中使用了一些透明纸，我也在我的一些书中使用相同的手法向他致敬。穆纳里的"无用的机器"还教会了我无聊和荒谬的诗意。我喜欢李欧·李奥尼（Leo Lionni）的视觉感染力，和他用简单的绘画讲述重要议题的能力。埃马努埃莱·卢扎蒂作品的巧妙构图和市井风情都是我梦寐以求的。莫里斯·桑达克（Maurice Sendak）是我想永远感谢的人，因为他让我知道我笔触清晰的重要性。汤米·温格尔（Tomi Ungerer）让我理解绘本是围绕某个特定角色的故事，

05, 06
《哈罗德·史尼珀波特最棒的灾难》
Harold Snipperpot's Best Disaster Ever, 2019

贝娅特丽丝·阿勒玛尼娅
Beatrice Alemagna

肖像画也可以叙事。仅仅凭借描绘一个角色，作者就能够讲述一个故事，这是我获得的一个重大的启示。

斯蒂恩·萨弗雷尔是我的第一任老师，18岁时我在萨尔梅德参加了他的课程。我从埃蒂安·德里泽特（Étienne Delessert）那学习色彩，他的水彩画的颜色既迷人又富有视觉感染力。我崇敬安德烈·弗朗索瓦，他使我明白凌乱风格具有难以置信的魅力，以及打破透视规则和生理结构的可能性。最后我不能不提约瑟夫·威尔康，他让我知道简单的构图如何影响读者的观感。

因此，在这所"个人学校"中，我了解到为儿童制作书籍需要从我自己、我的梦想、我的困境开始。"自我指涉"在这项工作里常常被人诟病，但或许它正是我创作的原材料。我建议所有的插画家在创作之前都去深入地了解自己。常常有我的读者跟我说，我的书中有一种奇怪的魔力，好像这些画在开口说话一样。这可能是因为我用内心在创作吧。

06

不完美是童年的自由

为什么会选择去巴黎追逐您的绘本梦想？文化的迷失感如何影响着您的诗意？

我在阅读贾尼·罗大里、伊塔洛·卡尔维诺（Italo Calvin）、马里奥·洛迪（Mario Lodi）、布鲁诺·穆纳里的书籍中长大。这些作家复兴了经典童话的浪潮，将日常与现实元素融入儿童故事。现实带给我很多灵感。我讨厌幻想，但我狂热地迷恋超现实主义：来自现实的一切最终变成不可思议的模样。

闯荡巴黎这件事本身就是超现实的，它激发了我的想象力，因为我在这座城市失去了所有的参考坐标点，而且太多难以置信的事情发生在我身上。巴黎用它最饱满的爱接纳了我，而我也经常在书本里描绘它以示我的爱。这座城市是我的图像故事发生的背景画布，它孕生了我的都市想象力。

07, 08
《一只狮子在巴黎》
Un lion à Paris, 2006

贝娅特丽丝·阿勒玛尼娅
Beatrice Alemagna

小时候绘画在我家一直是很重要的家庭活动。我和姐姐都花了很多时间在画画上。我有一个非常快乐的童年，充满梦想和渴望。8岁的时候，我常常阅读放在床头柜上的《长袜子皮皮》。有一天，我意识到书名旁的那行字是作者的名字，原来这本书是由某个人所写的。从此我就决定要成为我所定义的"儿童小说画家"。但是我的父母不想让我学习艺术，所以在高中我学的是古典文学。

22岁时我带着两幅画参加了蒙特勒伊书展数字未来插画比赛。第一幅画签的是我的名字，第二幅画签的是我当时男友的名字。最终我以我的名字赢得了比赛。我去巴黎追逐绘本梦是因为在二十世纪九十年代末法国比意大利更关注童书。我在巴黎的第一份工作是为蓬皮杜艺术中心儿童电影院设计海报。我吸引了负责人的注意，因为当时我是唯一一个出现在儿童电影院的成人。他们在看完我的绘画作品后邀请我设计海报。

如今您已创作了四十多部图画书，做书还是一个充满自我怀疑和批判的过程吗？您在工作室的常态是怎样的呢？

质疑是我的创作导师。我的书总是源于成百上千的质疑、反思和推倒重来。当我做书时，没有什么是清楚的，但一切都自然流淌在我的脑海中。最难的是实现它。每次我都要重振旗鼓，再次出发。我必须自学，弄清楚下一步应该要去哪，怎样的路径更可行和有效。即使已经出版了很多书，但我对技巧、纸张、版式和文本空间的恐慌感依然没有消失。

我一点也不自律！我的创作过程或艺术手法不存在秩序。我所有的颜料管都受到虐待和挤压。我不带任何的呵护与尊重地把笔刷扔进罐子里。那些画笔都很脏而且湿漉漉的。我一点也不爱护画具，我经常因为失望而折断铅笔和蜡笔。我的工作台上布满了污迹，它们十分顽固，已经变成永久性的存在了。我现在描述的不是人们对艺术家陷入了灵感困境或是神秘创作状态时的一种刻板印象，其实这只是我在工作室思绪混乱、毫无章法的表现。

《一只狮子在巴黎》让您充满超现实主义和达达主义的拼贴深入人心，但您一直是勇敢的实践者，不断发明新的视觉语言。您如何理解绘本跨媒介的叙事艺术特性？

绘本无疑是一门完整的叙事艺术。它是一种语言，由3种叙事形式——文字、插画和书籍本身的相互作用来讲故事。绘本的叙事手法涉及插画与文字，还有故事整体与书籍的关系，例如版面如何与内容互动，翻页如何调整阅读节奏，纸张的质感如何推动叙事。书籍的形状、书角、厚度、书脊、光泽及开本都是故事的一部分，它们都在讲述和演绎故事。

09
《我的爱》
Mio amore, 2020

从第三本书《乌戈林的秘密》，我开始思考绘本的多媒体性。或许我可以利用其他材料来创作，比如剪下废旧报纸来拼贴。《我的爱》是我第一本在多元材料创作上取得成功的书。我通过缝制而不是绘画来完成书中的插画。我不会缝东西，但我告诉自己，这种局限性会让我有更大的提升。这是摆脱自我刻板印象的一种方法。我能够用布料创造我用画笔从未研究过的几何造型。

后来，我在《爱分心的小孩去散步》中尝试了新的媒介——动画，我把它做成了DVD书，用3种语言讲故事。我对拼贴的爱在《一只狮子在巴黎》里得到了最大的释放，这是我的创造力和情感最旺盛和充沛的时期，因为我在探索一种技法，研究我的笔触，同时歌颂我最爱的城市。我喜欢拼贴，它让我收集已经携带着故事的东西，就像我喜欢穿二手衣服，其实我也穿着上一位主人的故事。同样地，报纸属于旧的事物，我内心有一种冲动想把它剪下来，用到我的拼贴里。

拼贴是我职业生涯的转折，因为它不要求我完全掌握绘画技法。我无法掌握，这一事实对我来说很有趣。在剪裁报纸再将其整合到设计的过程中，我获得了深刻的愉悦，而且我必须承认这一技法的实用性。的确，拼贴允许我回避我觉得很难画的事物。但这也是一个陷阱，因为我没有迫使自己去提升。我的双手变得懒惰，绘画感在逐渐消失。因此，我必须恢复我的手，努力画画。正是从那时起，我真正为自己绘画。我用速写本记下我看到的任何关于图像艺术的想法。

10
《玻璃女孩吉赛尔》
Gisèle de verre, 2019

不完美是童年的自由

当《玻璃女孩吉赛尔》再版时，您也毫不畏惧去推翻18年前的自己？

我很高兴《玻璃女孩吉赛尔》在多年后终于在意大利出版了（18年很漫长了，足以让新书变旧书）。吉赛尔其实是无法表达想法时绝望的我。这本书装满了我的童年。我毫无戒备地写下了故事，带着一种天真和迫切。它是诗意的，充满自由。18年后的再次出版就是一次"复仇"，一次纠正过去的幼稚的机会。我修改了一些句子和结局，让故事以更模棱两可的方式结尾。我还改了一张有点瑕疵的插画，以及封面，让它更简单和本质。但这本书百分之九十五的内容没有变化，尽管第1版已经是18年前的作品，我依然很满意。

读者在您的故事里常常能感受到一种非常亲近童年的语言和情感。在创作中，您不断回溯您的童年时光，从中获得灵感吗？

我百分之百地存在于我的书里，这里有我、我的对立面、我的记忆、我的梦想、我想要的生活以及我在童年与成年时期的愿望。如果我知道我的铅笔该指向何处，我想我会立即停下来。我认为绘画的乐趣就在于发现。神秘吸引着我，因为只要是新鲜的事物就会吸引我。当我在绘画时，我对笔下的事物充满了爱，因为那些细节和画面都来自我的童年。我很幸运地拥有一个美丽的童年。我还记得小时候我打开铅笔盒准备临摹一只小鸟，母亲在厨房桌子上剥洋葱，此时外面下着雨，博洛尼亚拱廊下孩子们在滑稽地追逐。这些情景和感受始终鲜活地寄存在我的身体里，或许是因为我太爱它们了，每当我在画画时，这些场景就浮现在我的脑海里。绘画对我而言是心智和身体的训练，它让记忆永远都在流动。

11
阿勒玛尼娅的小时候

12
阿勒玛尼娅的绘图桌

贝娅特丽丝·阿勒玛尼娅
Beatrice Alemagna

念,这不是把它变得更简单,而是更本质。我不喜欢给出答案的书籍,我喜欢没有明确方向的故事。它们让我生气,但我相信这种困惑很重要,这意味着我们正经历着不寻常和新鲜的事情。在我看来,一个好故事不会以具体的方向引导孩子们,而是陪伴他们去产生自己的想法,然后独立地发展它。这一切的实现并不是通过美丽的词句和甜美的图像去呵护孩子。相反,正因为有背道而驰或者预料之外的图像动摇了孩子的想法,他们摆脱了心智的麻木。总之,这一切并不是强加超我的意志就能实现的。

《哈罗德·史尼珀波特最棒的灾难》一步步由空虚到热闹,把孩子对打破秩序、获得自由的渴望宣泄到极致,最后又回到安全稳定的状态。您曾用"冲突、舒适、混乱、自由"来定义儿童文学的艺术性。这4个关键词引导了您对故事的建构吗?

这是创作每个故事的关键:解决问题,把它变成美的存在,没有规则地寻找方法,最终实现个人的自由。这不也是生活的意义吗?我不喜欢说教书籍,那类解释如何去做及做得完美的书籍。我更希望小读者能认识自我,形成自由的想法。感谢一些书,或许我的书也包括在内,让孩子们塑造新的想法,去反思自我,去追问自己重要的问题。

我不想将图像"缩小"到孩子们的大小,而是试着用更复杂的话题打开他们的宇宙。我尝试简化关键的概

13, 14
《麻烦制造者洛塔》
Lotta Combinaguai, 2015

不完美是童年的自由

在您眼中，美是什么？不完美又有什么重要性？

在我眼里，美丽可以是不规则，是错误，是杯子的缺口。这些唤起了我们每个人的过去、我们曾经的遭遇，鼓励我们在痛苦之外，去认识、面对和看到它们的美丽之处。美是令我费解的概念。我能发现美的事物，但我无法解释为什么它是美丽的。我很确信的是，我喜欢在意料之外的地方发现美，或许是在那些错误笔触的交叠之间，无法追求极致完美的细节之处，象征着脆弱的裂缝之中。我热爱不完美，因为它很重要，因为人的一生就是不完美的、充满曲折的历练，因为我们都是不完美的集合体。

15, 16
《五个坏家伙》
I cinque Malfatti, 2014

贝娅特丽丝·阿勒玛尼娅
Beatrice Alemagna

16

您在《小孩是什么？》里捕捉了孩子最本真的姿态、表情和反应。您是如何潜入孩子内心宇宙的？

我认为答案是我对孩子长期的观察和情感。我与我的小主角们有很深的共情，因为他们一直是我所喜爱和认识的孩子。我的两个女儿是我思想和灵感的不竭来源，我为她们着迷。与孩子共情，并接纳他们的想法对我来说并不困难。这也是为什么我总是被他们的笑话逗乐，而很多大人不能理解。

我真的很爱面孔。从我能记事起，我就不停在画角色和他们的脸。为了创作那些面孔，我画了很多速写。我在花园里、街道上观察周围的孩子。我拍了许多照片，我想寻找一种自然的举动，一种定格瞬间的感觉。当我在思考《小孩是什么？》里各种类型的孩子时，我不由自主地想起我曾是小孩时。我号啕大哭，但我也放声大笑，我是既严肃又轻松的人，非常矛盾、混合，就像我今天使用的材料。

您的作品不掩饰孩子惊人的淘气与破坏力,但也流露出对孩子深刻的同情和体恤。为什么想要放大儿童脆弱和有需求的一面呢?

在《小孩是什么?》中,我深入地思考了童年,我试着把孩子当成"物品"去讨论。这本书可以视为一次哲学思考,让读者反思当一个孩子的奇妙之处,以及在不同情形下对一个人是"大"还是"小"的重新认识。在书里,我邀请孩子们反思自己的处境。当一个小孩,意味着你在不断地变化着,而童年只是一个暂时的阶段。我希望孩子在阅读书中的句子后能够自省。

这本书想讲述的是孩子的脆弱,包含着对孩子的体恤与柔情。我不认为当一个小孩是诗意的,小孩的行为和言语都没有诗意。孩子就是孩子,但在成人看来,成为孩子就是世界上最诗意的一件事。

在您的多部作品里,主人公都是差异化的个体,他们都选择出发旅行,最终以不同的方式找到了自己在这个世界的位置。为什么旅行是自我认同的必经过程呢?

孤独的旅程让我有机会讲述生活的挑战性和我们自身的脆弱性。成长是艰难的,你需要自己去克服这些困难。面对它,凝视它。书籍让我们从文学层面上试验这些恐惧和软弱。旅程其实是一个自传性的细节,从博洛尼亚搬到巴黎对我来说是一段深刻的经历。当时我感到非常孤单和不知所措。这场旅程在认知、情感和心理上挑战了我。它在我的生命历程里占据着重要

贝娅特丽丝·阿勒玛尼娅
Beatrice Alemagna

的位置，以至于我不断在书中记录和回顾它。在我的故事里几乎都有这样的角色，她独自旅行，离开家，去某个地方，再返回。这是一次转变。我认为，在内心深处，我总是想讲同样的故事：一个脆弱的人，如何从自身获得强大的力量。

您的每一幅插画都让读者迷失在彩铅的细腻与拼贴的粗犷之间的未完成状态。这种精确与模糊的对比美是否是您执着于手绘的原因呢？

对比和矛盾是令我着迷的修辞手法，这不仅适用于文学，也同样适用于视觉语言。对比强化了文字的力量和图像的魅力，精确与模糊也是一种视觉矛盾，是让我的作品保持天真与自由的方法。在我看来，电脑是严肃的专业人士的绘画工具，它能创造干净整洁的，甚至是完美无瑕的图像。但我喜欢错误、天真、混乱。彩铅让我收获了一种未完成效果，它唤起了"未完成"的一面，需要被填补、被建构，这是孩子和我都喜爱的地方。我喜欢混合媒材，因为它们创造了一种不断在变化、流动和难以形容的美。当我画绘本时，我不想被一种技术困住，我必须要能够在绘图时删除和修改。我对当下流行的冰冷的简约图像并不感兴趣。我更喜爱肌理和材料散发的温度。我想要推进这种稚拙而率真的美学。

在您的作品里常常能看到精致迷人的细节，比如珍珠一样成串的水滴，埋藏在潮湿泥土下的透明石子和蠕虫。小事物是让读者重新发现童年的轻盈、诗意与深邃的关键吗？

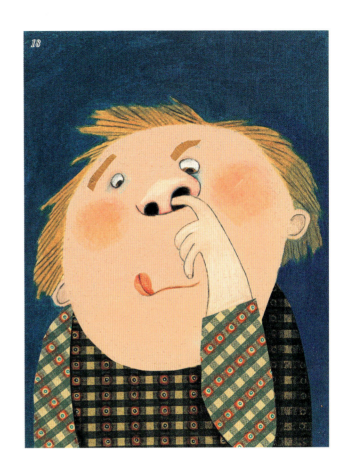

17, 18
《小孩是什么？》
Che cos'è un bambino?, 2008

是的。阅读一本儿童书籍有点像潜入你的大脑，重新发现想法的美丽、精致与力量。细节很重要，正是细节使设计摆脱平庸，走向艺术化。而且孩子们喜欢细节，他们有细腻的理解力和敏锐的观察力。小时候画画，我就喜欢创作许多小细节。在我今天的许多书中依然可以看到我对细节的热情。它吸引我的一点是，孩子必须非常认真地去看。在我的书里有很多细节需要孩子非常仔细地观察，他们也会因此学到很多新东西。

不完美是童年的自由

您说过顽固是您创作的重要工具,为了追求最好的效果,一幅画可以尝试很多次。当您在反复起稿和绘画时,什么样的效果让您觉得抵达终点了呢?

如果我到达了想去的地方,找到了我追求的东西,我便获得了一种归属感。我希望每一次都是这样,但这显然不可能。当我没有百分之百的把握时,我会把同一张图画上一百遍。这甚至成为一种创意练习。我很想看看一幅画可以走到哪一步,会遇到哪些障碍,如何跨越它们。一幅好的插画诞生就像是见证了一个小小的奇迹出现。

我的做书过程并不总是很顺利。我无法理解有些人说的他们有办法在一个晚上构想出一本绘本,这对我来说根本不可能,因为我的书要至少半年才能收尾。我的图像不断变化、发展。我的编辑知道,如果他们签了 6 个月的出版合同,最后可能收到的是不同的作品。比如,《小孩是什么?》的文字与我当初向

19, 20
《无所事事的奇妙一天》
Un grand jour de rien,
2016

贝娅特丽丝·阿勒玛尼娅
Beatrice Alemagna

Topipittori 出版社投稿的版本是相同的，但图像完全不同。某天晚上当我准备入睡时，我意识到作品还没有达到我想要的效果。于是，第二天我打电话告诉编辑这本书不对，我需要重画一遍。一种迫切感鞭策着我让创作保持在正确的轨道上，从而有效地用一本书传递我想讲述的概念。

如果您能回到过去与儿时的自己来一场心灵对话，您会对贝娅特丽丝说什么呢？

不要停止追寻，尽你所能地学习，机会来了就放手一搏，去想去的地方奔跑。我会再对今天的贝娅特丽丝说这番话。现在我就在对她说。

塞尔吉奥·鲁泽尔

小故事与小角色的力量

插画家 塞尔吉奥·鲁泽尔
Sergio Ruzzier
出生地 意大利 米兰（1966）
代表作 《两只老鼠》《这不是一本图画书！》《狐狸和小鸡：派对和其他故事》《你见过我的新蓝袜子吗？》《给李欧的信》《像蒲公英一样喧闹》

"我认为如果故事来源于日常生活，读者更能产生共鸣。我喜欢鸡毛蒜皮的小事，我不会高谈阔论生活或者宇宙的意义，这是与我的故事不相符的大概念。我喜欢讲述生活的小故事。"

小故事与小角色的力量

你见过意大利的山丘吗？让我们试着想象一个绿色毛线球，在山谷里一点点滚动开来，所到之处，化作柔软的曲线，伴随着平滑的斜坡。如果再来更多个毛线球呢？这里便成了一片山丘的海洋！此时山色开始变得模糊，因为它们正吞没于浓雾之中。这片被群山环绕，浸润在静寂中的山丘，便是塞尔吉奥·鲁泽尔生活的地方。

眼看着柔软的山丘曲线，被孤立尖锐的岩石所割裂，你很难不联想鲁泽尔为故事创造的风景。一种无法改变之感，弥漫在色彩鲜妍的荒地上。在空旷的境地里，当一切不可改变时，没有人的目光会逃脱对琐碎细节的关注，这也是为什么鲁泽尔定义自己的作品为"小小的故事"。

就像苏菲·布莱克尔（Sophie Blackall）所说，鲁泽尔的故事好似都发生在同一个光怪陆离的世界，有糖果色岩石、棉花般的云朵、彩色的地砖和萧疏的草木。在这片寂然的风景里，一群小家伙努力过着平淡无奇的小日子。这些具有人类特征的小生物，就像刚破壳而出的新生儿。粉嫩的长鼻子透着婴儿般的娇嫩感，幼小的身躯毫不隐藏孩子的天性，脆弱却任性倔强，逗趣又忧郁十足。

鲁泽尔知晓如何以一种天真的方式制造滑稽和讽刺，这也让古怪奇异、忧郁悲伤、快乐嬉戏，还有对生活的满足感都自然流淌在他的笔下。没有超

01 《狐狸和小鸡：派对和其他故事》
Fox & Chick: The Party and Other Stories, 2018

塞尔吉奥·鲁泽尔
Sergio Ruzzier

级英雄和魔法,主人公们在平凡世界里历经着小冒险。这些小故事是如此接近孩子对现实的真实感受,以至于读者无法不感同身受。鸡毛蒜皮的小事最终都以收获平凡的胜利落幕。热乎乎的晚饭、失而复得的鹅卵石,或是来自远方朋友的信,即使渺小,所有人都在为这份小确幸欢呼着。鲁泽尔想要传颂的就是平凡的小成就的力量。从毫无意义的细节里捕捉乐趣,在小小的冒险里寻找快乐,这些孩子独具的特点,都存在于艺术家的目光中。

甜美顽固的糊涂虫们,在跌跌撞撞的生活里摸索生存之道。对于正在历经的小冒险,孩子不明白它的渺小和微不足道,因为在他们眼里,这些小事大到占据他们全部的世界。看着这些小角色,小读者会幸灾乐祸,至少,他们不是唯一的,对生活有好奇和困惑的生物。所以,鲁泽尔的小角色或许没有超能力,但它们闪耀的韧性与脆弱,在现实生存的快乐与困境,带给读者审视自我存在更清晰和广阔的视野。

在一栋十五世纪的老房子里,大师的工作室是一个铺满瓷砖的小而空旷的房间,四面是遍布历史痕迹的白墙,中间的两张工作台上堆满了笔刷和铅笔。柜子上杂乱摆放的难以命名的玩偶也似在表演着快乐与忧郁并存的黑色喜剧。这些都透露着鲁泽尔对荒诞细节的痴迷,和对现实讽刺的立场。

当工作室的门悄悄关上,周围只剩一片寂静时,鲁泽尔开始向我们讲述他的艺术人生,毫无保留地分享着他的做书理念。

03

02

02
《给李欧的信》
A Letter for Leo, 2015

03
塞尔吉奥·鲁泽尔
的插画作品

小故事与小角色的力量

在纽约都市生活了这么多年后，再回到意大利，移居亚平宁山区，您的心境有什么变化呢？

这个地方和我在布鲁克林的工作室完全不同。过去很长时间我都在由仓库改造的地方工作，同在这里的还有其他插画家，比如苏菲·布莱克尔。这在布鲁克林很常见，我也很乐意与他人分享空间。不过，在亚平宁山区我觉得很自在，或许我就应该属于这里。这栋老农舍建于十五世纪，有超过五百年的历史。我不知道为什么它让我感到舒适。我喜欢这里的一切，比如眼前古老的地板。我向纽约的朋友展示我家的照片，他们都说："这看上去就像是你设计的房子。"我真希望自己能设计出如此棒的地方。

我并没有改变我对工作室的布置方式和我的工作状态。桌子上仍然堆满了东西，书架上也还是摆着各种怪异的玩偶。这扇小窗户不会透进太多的光，所以我选择把这个房间改造成工作室。在上色的过程中，直接照射的光线会影响我看到的颜色。因此，我更倾向于用一盏小台灯紧挨着我在上色的画，这也让我更加专注。有些时候我感受不到时间的流逝，然后发现自己在一片黑暗中埋头创作。

04-06
鲁泽尔的工作室

塞尔吉奥·鲁泽尔
Sergio Ruzzier

您是如何安排一天的生活和艺术创作的呢？您现在的作息与您在美国时有所不同吗？

我希望我有一个条理清晰的工作日，但这从来都没有发生过，因为我总有各种各样的拖延理由，比如修房子、喂猫、查看邮箱、做饭、在山上散步。有时我还需要请帮手来家里维修这栋老房子，那么我还得尊重他们的时间安排。好吧，这听起来的确像是一个借口。

不过，我有一个非常自然的工作模式，在美国时也是如此。可能我有一整天的时间坐在工作室画画，但是什么也没创作出来。又或者我只用了两小时就完成了两天的工作量。我也不知道这是如何发生的。快到交稿日时，我就开始慌张了，不过我总能按时提交作品。

07
《两只老鼠》
Two Mice, 2015

小故事与小角色的力量

08

您常被归类为童书作家。虽然您也创作成人绘本，比如《遗留》，但在童书区找到您的作品比在成人读物区更寻常。您自认为是为儿童创作的插画家吗？

我无法否认我是为孩子创作的插画家。我不知道如何回答这个问题，我不想让它听起来好像为孩子做书不是我的选择，因为我喜欢为孩子们创作。不过，儿童绘本并非我最初的发展道路，这的确也是事实。

我在美国开启了我的插画事业，这里有为儿童创作插画的图书市场。虽然我一直对成人绘本很感兴趣，但要以此为生几乎是不可能的。这是很小众的市场。因此，成为儿童插画家让我有更多机会创作图像和故事。

我为成人和儿童创作的插画没有太大的差异。它们的氛围相同，故事却发生了变化。你会发现相似的背景和角色，但是谈论的话题并不一样。总之，我一步步地被引导走向为孩子画绘本的道路，这也是一个值得钻研的领域。因此，是的，我也是为儿童创作的绘本家。

您主要合作的出版社来自意大利和美国。在不同的国家出版绘本，您有观察到什么有趣的不同之处吗？

国家间的差异本质上与出版审查制度有关，取决于人们对儿童读者的看法。我可以分享一则轶事，它反映了美国和意大利出版社对"粗话"的不同态度。在《这不是一本图画书！》的开篇，小鸭子喊道"愚蠢的书！"（Stupid Book!）。我的美国编辑没有说我不能使用"愚蠢"这个词，但她有问过我确定要用吗？因为我可能招来很多读者的抱怨。她是对的。这本书出版后，有读者质疑我的故事具有误导性。在书评网上，我试着向读者解释，"愚蠢"并不是孩子在现实生活中感到陌生的表达。我不认为童书里出现这样轻微的不敬言语是个问题，它可以带来关于发泄愤怒和沮丧的有趣探讨。无视并不会让它消失，也许存在即有理由。

08
角色设计图
《这不是一本图画书！》
This Is Not a Picture Book!, 2016

09
《这不是一本图画书！》
This Is Not a Picture Book!, 2016

后来，这本书引进至意大利，出版社把书名改成《愚蠢的书！》。这在美国根本不可能发生，出版社肯定觉得我疯了。和其他欧洲国家一样，意大利对童书有更少的禁忌。与之相比，美国的童书市场相对温驯，不可否认也有一些例外的杰作出现，不过总体上，比较少见谈论死亡、抑郁、性等主题的作品。人们普遍认为孩子需要远离人生的真相，但我不认可这个看法。对我而言，这是一个错误的认知，无异于谎言。当然，我不是在倡议童书应该包含色情或者暴力，但如果故事需要，插画家无法避免展现令人不悦的情景。

我喜欢能允许我创作难以触碰的话题或非教育性内容的出版环境。为孩子创作，我难免会感到压力，因为我需要让作品远离争议，或是被迫根据政策做出抉择。但我相信，如果插画家要创作优秀的作品，他应该面对的压力是如何忠于自己的内心。

小故事与小角色的力量

不谈论书籍的审查制度，您认为儿童绘本领域让您有更多机会做多样的尝试和创新吗？

我不热衷于创新，我不是一个大实验家，而是一头固执的老牛。我认为我的绘画技巧有不断提升的空间。另一个原因是，我对试验充满恐惧，我害怕会失败。在我职业生涯的初期，我很喜欢莫里斯·桑达克、乔治·赫尔曼（George Herriman）、E. C. 西格（Elzie C. Segar）和查尔斯·舒兹（Charles Schulz）的绘本和漫画，他们的作品提醒我在这个领域工作掌握铅笔和墨水的重要性。我还记得我去文具店买了两支硬度不同的铅笔，在纸上反复练习，探索哪种纹理的纸能够满足我对笔触效果的追求。后来，我逐渐摸索出了我最爱的，也几乎是我这么多年来唯一使用的绘画方式。

很多早期的漫画都是黑白的，因此我没有意识到我的

10
《狐狸和小鸡：派对和其他故事》
Fox & Chick: The Party and Other Stories, 2018

塞尔吉奥·鲁泽尔
Sergio Ruzzier

画没有颜色,会成为我将来插画事业的一大障碍。后来,我明白了这是无法避免的工作。我又去购置了水彩颜料,一直用到今天。也许将来某天我会冒险去购买新品种的钢笔,或者新品牌的水彩,又甚至是大胆地去尝试纹理更平滑的画纸。但谁知道呢? 30 多年过去了,我还未从最初的这份双重压力中痊愈。

不过,我会在叙事上试验。我经常探索讲述小故事的新方法。"狐狸和小鸡"系列就是一个例子。在起草故事板时,我发现叙事节奏太过拖沓。于是,我把故事改成漫画。漫画节奏的片段性,为故事创造了我一直在寻求的自由感。在改编时,我意识到为了让故事可行和好玩,角色对话必须简练和反复,这也让它自然地变成阅读初学者的书籍。最终这套书变成了狐狸和小鸡在无聊的小世界里冒险的故事集。当小小孩阅读三则短篇故事时,他们不会被迫去阅读很长的叙事,而是可以更轻松地建立对新语言的熟悉感。

11
插画草稿
《狐狸和小鸡:派对和其他故事》
Fox & Chick: The Party and Other Stories, 2018

您的故事看似简单，却有着完美和精巧的结构。比如在《两只老鼠》中，对数字与概念的简单组合，巧妙地架构了跌宕起伏的冒险故事。通常您是如何构思情节的呢？

我不会跟随写作指南来建构我的故事。我从大量的阅读中学习了图像叙事的创作方法。漫画、童书，还有并非为孩子而作的视觉叙事，陪伴了我的成长。我所说的视觉叙事也包括教堂壁画和耶稣宗教故事。视觉叙事可以看作我的思维方式。当我讲故事时，叙事就以图像的形式出现了。你能体会这种感受吗，当你在画漫画时，没有想太多，角色对话很自然地从笔尖涌出。因此，我不是天才，我只是比别人看过更多图像叙事。这就像是一门我从未学过语法的语言，我并没有学它是因为我已经用它来阅读和表达。

您的童年对您日后选择从事图像叙事的工作有潜移默化的影响吗？有什么难忘的人或者事推动着您往视觉艺术领域发展吗？

的确如此。从小我就酷爱漫画和绘本。我不是传统意义上的好学生，因为我懒散又无法专注。我还记得小学四年级，每周四我都要写随堂作文，它可以是一个故事或者一段回忆。某天，我问我的老师："我能不能改画漫画呀？因为我喜欢漫画。"在二十世纪七十年代的意大利，漫画不被学校欢迎，它们通常被认为是没有教育价值的书。但是我的老师很认真地告诉我："如果你能写得非常好，有出色的开头、结尾，以及有趣的角色，不犯任何文法错误，那么即使这是漫画，我也会以作业的标准去评价。"这让我很吃惊，原来如果我做得好，大人就会认可漫画是有价值的。我9岁时就意识到漫画是可以被严肃对待的书籍，这对一个孩子而言无疑是一个重要的启示。

在青春期，我梦想将来要成为一个视觉叙事者，因为那时我对书籍、杂志和各类印刷品很感兴趣。我原本以为我会从事印刷或者平面设计的工作，可后来我发现漫画才是我真正热爱的事物。19岁时，我出版了我的第一本漫画书，也与 Linus 杂志开始了合作。

*12
《狐狸和小鸡：安静的划船记和其他故事》
Fox & Chick: The Quiet Boat Ride and Other Stories, 2019*

塞尔吉奥·鲁泽尔
Sergio Ruzzier

13
故事板
《两只老鼠》
Two Mice, 2015

小故事与小角色的力量

您19岁时就实现了出版漫画的梦想，为什么漫画家的职业生涯戛然而止了？后来又是什么原因促使您跨界到绘本创作呢？能分享您成为职业插画家的历程吗？

我根本无法靠画漫画维持生计。那段时期，我在米兰的书店和图书馆工作，同时在Linus杂志上发表漫画，虽然我的薪酬不高，但我仍然很快乐。1994年，我去纽约度假，因为偶然的契机，我成为一名插画家。当时我刚到纽约，米兰Nuages展览馆的克里斯提娜·塔韦尔纳（Christina Taverna）建议我将作品展示给插画家保罗·戴维斯（Paul Davis）看看。保罗非常友善，他还帮我预约了和《纽约客》（The New Yorker）艺术总监克里斯·科瑞（Chris Curry）的面试。惊喜的是科瑞很快委托我创作一幅插画。就在上西区（Upper West Side）的出租房里，我向朋友的朋友的朋友借来了一盒水彩，完成了我的第一个杂志商稿。几个月后，我准备了一本更成熟的作品集，也接到了更多的杂志和报纸的商稿。自那以后，我就决定搬到纽约，试着以插画家的身份谋生。

但我一直都盼望有机会用漫画或者绘本的形式创作故事。可现实是，进入童书领域比我想象的要难得多。我的个人作品总是让编辑们感到不适。至今我还留着一些拒绝信。最有代表性的拒绝理由是："我不认为你的作品适合孩子。这是富有力量的插画，毫无疑问。但是它有一些不被接受的、令人不安和暴力的色彩。"你能想象这些话多么让人沮丧。

慢慢地，我遇到了一些对的人，他们引导着我去创作绘本。第一个信任我的人是弗朗西斯·福斯特（Frances Foster），她是一名杰出的童书编辑。当时我的英语很糟糕，我无法向出版社投稿，还有很多问题让我无法说服他们雇用我为插画师。另外，不断有编辑告诉我，我的风格在童书市场显得太过奇怪、复杂和欧洲风，我很受挫。但是我知道一些很有趣的插画家也出版了作品。我尤其欣赏莱恩·史密斯（Lane Smith）和彼得·西斯（Peter Sís）。于是，我从电话簿找到了他们的联系方式，在电话亭拨打他们的电话。彼得直接邀我拜访他的工作室，见面后他建议我联系弗朗西斯·福斯特，称她会理解我的想法并提供帮助。这就是我做书的开始。弗朗西斯鼓励我说："你的英语并不完美，但是不用担心。你可以先写，我们会修改它。"

14 塞尔吉奥·鲁泽尔的插画作品

塞尔吉奥·鲁泽尔
Sergio Ruzzier

15
《狐狸和小鸡：安静的划船记和其他故事》
Fox & Chick: The Quiet Boat Ride and Other Stories, 2019

您相信美国编辑所说的您的作品有强烈的欧洲风吗？您认为您的视觉风格受到意大利或者欧洲文化的深远影响吗？

这很有意思。在美国，他们说我的作品很"欧洲风"，但如果我请欧洲人帮我解释这个评价的意思，他也会哑口无言。美国编辑想表达的其实是我的风格对于童书而言太复杂和高深。这的确是一个事实，即欧洲出版社比美国出版社更青睐不那么幼稚的作品。不过，也并不是所有的美国童书都充斥着牵着气球的小熊或者孩子的生日派对。有趣的是我曾向一家法国出版社展示《两只老鼠》，编辑很喜欢，但是最后说："你知道吗，我们无法出版，因为这本书太美国风了。"所以，我只能说我介于这两者之间。

我来自米兰。我不确定生于意大利是否影响了我的绘画方式，但不可否认的是我的很多视觉参考来自意大利宗教壁画和微缩艺术。我的创作受到意大利的书籍、教堂、博物馆，还有早期文艺复兴的艺术品的启发。但与此同时，我也受到其他作品的影响，比如荷兰绘画和早期美国漫画，像《疯狂的猫》《大力水手》《至尊神探》和查尔斯·舒兹的作品。我没有上过艺术学校，所以这些书就是我的老师。一切事物融合、启发和教育着我的艺术创作。所以关于我是谁？我找不到定义。我只能说我是一切事物的混合体。

小故事与小角色的力量

您小时候都阅读了哪些童书？对您影响最大的绘本创作者是谁呢？

我最喜欢的童书包括贝尼·蒙特雷索（Beni Montresor）的插画童谣集、迪诺·布扎蒂（Dino Buzzati）的《西西里著名的熊入侵事件》，还有莫里斯·桑达克和埃尔斯·霍姆伦德·米纳里克（Else Holmelund Minarik）创作的小熊系列绘本！我还记得《小熊》里大家一块制作的生日汤，以及它带给年幼的我那种忧郁和抚慰的感受。因此，《给李欧的信》里的鸡汤和《两只老鼠》里最后准备的晚餐都可以视为我对桑达克先生的致敬。

2011 年，我有幸成为桑达克奖学金得主，前往康涅狄格州（Connecticut）与桑达克先生学习一个月。我在那创作我的个人项目，时不时我会和桑达克先生交流想法。他会指出我的某些创作方式太保守和温驯，我需要变得更加勇敢。他告诉我今天的美国童书产业已不如四五十年前那般繁荣，但这不能成为一种借口。桑达克先生的话始终提醒着我画画和讲故事的初心。

16
《两只老鼠》
Two Mice, 2015

塞尔吉奥·鲁泽尔
Sergio Ruzzier

17
插画草稿
《两只老鼠》
Two Mice, 2015

您说过如果创作者顾虑太多受众的问题，作品会变得很公式化。所以，您在创作绘本时会想到儿童读者吗？您认为有可能定义一种独特的儿童审美吗？或者一套为儿童创作绘本的规则？

如果我说我不知道我在画一本给孩子看的书，那这无疑是在说谎。但是，我的确不会去想小孩是否能理解我的故事，或者是否有必要写幼稚的故事，我只会去思考创作一个行得通的故事。

一个很重要的事实是，绘本的读者不只是孩子。在我和儿童读者之间，有太多成人，比如艺术总监、编辑、营销团队、书商、父母，在过滤和筛选书籍。我的书要经过好多双成人的手，最终才会到达孩子面前。因此，一本好绘本能够脱颖而出，并不只是因为它得到孩子们的喜爱。只为孩子创作是不可能的。如果我只考虑孩子喜欢看什么，我可能无法出版任何作品。但不论如何，我还是会忠于自己的风格和作为艺术家的追求。

而且，要定义我们的目标儿童受众十分困难，孩子们都是与众不同的。有的孩子能深刻理解故事内涵，而其他孩子可能还做不到。这不是很重要。我不认为存在唯一的儿童审美偏好，和一种可以被整理和归纳地为孩子创作的方法。绘本的风格和叙事是千变万化的。

在创作故事时，我没有教育的立场。很多书评人从我的绘本里挖掘出教育功能，我的书也经常在学校被用来教学。比如《两只老鼠》被用来谈论数字和顺序。但我没有带着这样的意图创作。这本书的确有非常清晰的结构，不过这不是我的目标，它只是为了推动叙事。这本书的创作就像一个解谜过程。

小故事与小角色的力量

您曾经说过,"一位优秀的插画家就是骗子,如果想要图画有价值,就得背叛文本,哪怕是轻微地。但是,要对自己不忠却很难。"这在您自身的创作中是如何体现的呢?

如果这是其他作者的故事,通过背叛文本来创造图像会更加容易。我的插画不用一五一十地诠释文字内容,而是添加它没有的元素。但是在自写自画的绘本里,要创造相矛盾的图文关系很难。如果这是我自己的故事,我内心最强烈的愿望是用图像去支持文字,但我又需要强迫自己去背叛它,因为绘本的艺术就在于图文的协作。如果没有文字与插画的平衡对话,绘本也无法起作用。《给李欧的信》里有一幅讲述小鸟准备离开的场景。最初的版本画的是小鸟在收拾行李,但这与文本太贴近。最终的插画是小鸟在吃最后一顿饭,而李欧一口也没吃,好像有要说的话堵在喉咙。窗外生机勃勃的树和枯萎的盆栽也微妙地呼应了这一情绪氛围。

18
《你见过我的新蓝袜子吗?》
Have You Seen My New Blue Socks?, 2013

塞尔吉奥·鲁泽尔
Sergio Ruzzier

19, 20
《给李欧的信》
A Letter for Leo, 2015

对我来说，自写自画的项目创作更加复杂。这几乎是一个无法预料的过程，它的起点可能是一个角色草图、不完整的故事手稿，或者粗糙的故事板。我经常在文字和图像之间来回。在这个阶段浪费时间是一种常态。我可能在桌子前工作了好几个小时，却没有完成任何东西。如果我预料到我没有任何灵感时，我就会去散步。研究也只是我在网上冲浪的借口。不过，一旦我能够向编辑交出像样的小样书，或者拇指大小的故事板，我就会着手准备最后的绘制，过程与我之前描述的相同。

人们很自然地认为自写自画的项目能够带来更高的自由度，但似乎在您的创作里，为其他作者绘制插画更加容易。这是为什么呢？

我为其他作者的文本配图的过程是相似的。在反复阅读文本的过程中，我会在空白处画粗略的草图。之后在其他画纸上画更精致的线稿，再将它们制作成能向出版社展示的小样书。编辑通过后，我就开始用铅笔起稿。如果构图、角色、场景和细节都没有问题，我会再将线稿通过拷贝台复制到水彩纸上，用墨水勾勒，擦去铅笔线稿，用水彩上色。

小故事与小角色的力量

您的插画不是一五一十地诠释文字里陈述的情节，它有其他的叙事功能是吗？

在讲述文本故事的同时，我的插画也可能包含了分支情节，或者旁白解说。它可能是与文本平行、疏离，或者背驰的图像叙事。比如在《给完美小孩的童话》的第一则故事里，母亲劝说宅在家看电视的孩子到户外玩耍。作者没有讲述这个小孩在看的是哪档电视节目，所以这片叙事的空白给予我创作的自由。我可以通过描绘电视屏幕的内容来创造微叙事。而且我很肯定，孩子比成人更能敏锐地察觉到藏在这些插画里的小故事。

22

21

您的故事似乎都发生在一个独立的世界。这是您有意打造的吗？它是否有一套运行的特定规则呢？

我想我所有的故事都发生在同一片由墨水和水彩打造的土地上。我很庆幸不同书里的角色不会相遇，不然我很难阻止它们的冒险不会陷入混乱的局面。创造个人宇宙不是我刻意为之的结果，我的创作并不遵循一套固定规则。我的书都是独立的，在不同作品之间不存在互文性。我知道这听起来有点像是假谦虚，但这一切或许源于我的创作习惯。我总是画着相同的事物。如果遇到陌生的障碍，我会绕道而行，选择我熟悉的创作方式去跨越它，所以我不断将故事纳入我的风格体系里。

我的小故事没有大事件，而是深深扎根于日常的生活。有时候我拒绝了某个故事文本，可能是因为它有与我的世界不相符的元素，又或者是我没有足够的自由去改变故事，用我的风格去表现它。所以，我创造这个

21, 22
《给完美小孩的童话》
Tales for the Perfect Child, 2017

塞尔吉奥·鲁泽尔
Sergio Ruzzier

23
《两只老鼠》
Two Mice, 2015

宇宙是为了让自己更舒服，与我想要绘画和表达的元素保持一致。不过这不是绝对的法则，在真正的创作中它并没有约束我。

我没有运行这个宇宙的规则，但每一本书都有它的边界和限制。我对故事的确有严格的规则。"狐狸和小鸡"系列就有很多限制，比如不能有超自然的事件发生。在第三册，小鸡在鸟巢里发现了他在第二册里丢失的锤子。编辑问我："什么样的鸟能够把锤子带到那？"我意识到不对劲，在狐狸和小鸡的世界里出现了本不该存在的带有魔幻色彩的情节。最后我让锤子悬挂在枝丫间，看似是被其他人放置在那的。我只能说我的宇宙或许真的存在一套未被言说的规则。

小故事与小角色的力量

这套规则是否是出于您对创作小而简单故事的偏好和执着呢？

是的，毋庸置疑。一个技术性原因是 32~48 页的叙事格局，这要求讲述的故事要非常具体和清晰。另外，我认为如果故事来源于日常生活，读者更能产生共鸣。我喜欢鸡毛蒜皮的小事，我不会高谈阔论生活或者宇宙的意义，这是与我的故事不相符的大概念。我对电影和文学的品味亦如此。我喜欢谈论生活的小故事。我小时候最爱的电影《淘金记》就是小事件的集合。小故事可以被看作更普遍事件的缩影。我喜欢那些看似简单，但是隐藏深刻内涵的故事。

在您讲述的小故事里，滑稽的成分有多重要？这是您吸引孩子的方式吗？您的成人绘本里忧郁的氛围胜过幽默，这些出版物可以看作是您对想象宇宙阴暗面的揭露吗？

我很高兴看到小朋友阅读"狐狸和小鸡"系列时欢笑的样子，但滑稽不是我的意图。我在创作时不会去寻找有趣的双关语，有时候，我甚至为故事加入忧郁的色彩。曾经有读者跟我说我的某些绘本带给他们一种空虚感。虽然这并不是我的意图，但我很高兴我的故事能引发这种情感。《遗留》和《借口》会让你们觉得更加忧伤，更适合成人，但这正是我最想讲述和描绘的书。我毫不费力地创作了它们，故事非常流畅地从我的想法变成了笔下的现实。《借口》是最贴近我个人情感的书，它可以看作我年轻时期的自传故事，我用从一些书中摘录的句子讲述我的童年。《遗留》

塞尔吉奥·鲁泽尔
Sergio Ruzzier

则是我对死亡的反思,这个话题很棘手,但对我很重要。这两本书都是我的一部分,展现我真实的另一面。

为什么在这个宇宙里既有狐狸和小鸡这样可爱的角色,又有一些诡异的生物,比如《借口》里从盆栽生长出的怪物?您爱您笔下的角色吗?

可爱又诡异,这不是最佳组合吗?在我的标准里,我十分正常,我的角色也是如此。我不会在工作室里坐下,然后产生创作可爱或诡异角色的想法。一切都自然地发生着。我猜想这是属于我的风格的一部分。或许我永远无法成为广受喜爱的插画家,因为很多人觉得我的角色可怕,或者说怪异,总之并不可爱和粉嫩。我知道我的作品无法取悦每一位读者,但这不是我能选择的,我也不会因此而改变风格。

我的风格非常明确,我对我的诗意保持忠诚。没有读者会在我的插画里发现龙,因为它与我笔下的世界格格不入。我的角色也不是超级英雄,相反,它们往往看上去娇嫩而脆弱。在大多数情况下,我喜爱我故事里的角色,我与它们建立了亲密无间的关系。比如狐狸和小鸡,我们之间有着很深厚的友谊。我用它们创作了很多故事,我们从早到晚都在对话。以前我不确定自己能有足够多的灵感创作系列故事,但现在我十分清楚狐狸和小鸡对任何情境的反应。创作新的冒险故事也更容易,就是对它们发起新的考验。不过有时候我并不喜欢我的某些角色,因为他们愚昧。比如,《艺术家的人生》里的艺术家,是我所有艺术噩梦的集合体,他装腔作势,自命不凡。我内心的一部分喜欢他,但也同情他。

24
《借口》
Pretesti, 2018

25
《像蒲公英一样喧闹》
Roar Like a Dandelion, 2019

小故事与小角色的力量

您经常为插画设计精致的边框,这是您鼓励读者与图像保持距离,客观审视这个独立宇宙的策略吗?

我对边框的热爱受到泥金装饰手抄本(Illuminated manuscript)的影响,但是图框只在某些绘本里行得通。一开始我坚持在《两只老鼠》里使用边框,编辑告诉我这本书并不需要这么做,事实证明她是对的。绘本创作需要谨慎,避免把画面闭合得过于彻底。如果你把某幅画加上边框,它就像一个独立的小宇宙,和外界切断了联系。

我并不喜欢某些书的做法。比如,我的编辑曾建议我

让角色突然看向读者。我说没有办法,那不是我的风格。如果是在剧院,我能够欣赏在某些恰当的时刻,演员与观众这样的交流方式。但在我的绘本里,这种直接交流不一定是最完美的方法。

26, 27
《像蒲公英一样喧闹》
Roar Like a Dandelion, 201

塞尔吉奥·鲁泽尔
Sergio Ruzzier

作为插画家，什么样的绘本是您的创作梦想呢？

我画过的最好的一本书是《像蒲公英一样喧闹》。不久以前，人们发现了露丝写的这篇手稿，为它寻找插画家。我很感恩编辑们选择了我，因为露丝的文字留给插画家充分的解读和演绎的自由。第一遍阅读文本时，我就强烈感受到文字想与图像进行对话的愿望，这是插画家最渴求的状态。我很快地在文字旁边画下了一些粗糙的涂鸦，它们很自然地出现在纸上，好像此刻我正在与露丝对话。所以，《像蒲公英一样喧闹》是我作为插画家很想创作的一本书。

而《遗留》是我想为自己画的一个小而忧伤的故事，讲述我所在乎的事情。但是，要在童书里描绘压抑或者忧郁的氛围是很难的，最主要的原因或许是它难以销售。有时候我能理解，因为我的小女儿就不喜欢以死亡结尾的故事，这是人性。这是很多人不喜欢的悲伤氛围，但我认为它值得注视。《遗留》以死亡开始和结束。主人公大清早起床然后发现自己死了，这便成为我与读者讨论死亡的契机，让他们去面对、理解和接纳对死亡的感受。

沃尔夫·埃里布鲁赫（Wolf Eribruch）的《鸭子，死神和郁金香》是我觉得最精美的一本绘本。死神告诉鸭子它即将死去，并从始至终陪伴在它身边，直到生命的尽头。这是一本美丽的书，即使讲述的是死亡，却依然甜蜜、优雅和睿智。如果能创作出这样一本书，那我便到达了事业的顶峰了。

28, 29
《遗留》
Leftovers, 2014

菲丽西塔·萨拉

真实的人生也可以是一场精彩的冒险

插画家 菲丽西塔·萨拉
Felicita Sala

出生地 意大利 罗马（1981）

代表作 《花园街10号》《她制造了一个怪物：玛丽·雪莱和弗兰肯斯坦》《洋葱颂：聂鲁达和他的缪斯》《龙医生琼·普罗克特：热爱爬行动物的女子》《去往奥伊斯特贝：琼斯夫人和儿童权益游行》《克拉姆先生的土豆危机》

"创作绘本时我会认真思考孩子的视角。我会想我的'内心小孩'喜欢阅读和观看的内容，然后试着去回应她的想法。我也会想到我认识的各种孩子，他们是否会享受这个故事，我的插画能否引发他们对世界的好奇。"

真实的人生也可以是一场精彩的冒险

一阵香气飘散自花园街10号楼，菲丽西塔·萨拉组织了一场纸上的国际美食盛宴，邀请所有孩子前来参与。盘子、刀叉和炊具哐当作响，各家厨房都在一片繁忙之中。唤醒小读者味蕾的是各式美味的食材，有圆润的番茄、新鲜的椰奶、发酵的面团和神秘的酱汁。

切片、剁碎、搅拌再混合，当厨艺音乐会走向高潮，计时器宣布烹饪的结束，紧接着，盘子的走秀开始了。迎面而来的有优雅的日式鸡饭、热情的南美鳄梨酱和傲娇的法国乳蛋饼。孩子们在萨拉的绘本里开启了一趟美食的多元文化之旅，品味真实生活独具的美。

非虚构题材在萨拉轻盈的笔触与对细节的巧妙设计下，变成了精巧绝伦的图像故事，她试着改变非虚构严谨刻板的创作逻辑，以诗意的视觉语言诉说自然与文明之美，在孩子心灵的沃土播下一颗对现实好奇的种子。不少非虚构绘本致力于寓教于乐，让小读者在图文并茂的趣味情境里习得知识。萨拉则用她充满热情的彩色铅笔，打造新奇感，丰富孩子对美的想象，重新定义着非虚构绘本的美感。她没有陷入对艺术至上主义的追求，而是让孩子感受大千世界的奇妙，鼓励他们向外探索的好奇心与求知欲。

萨拉希望她的作品能引导孩子发现平凡生活的美，探索陌生领域的奇妙，感受名人不朽的魅力。即使是非虚构类创作，她依然能够以视觉童话吸引孩子，把严肃的内容演绎成妙趣横生的经历。小读者看到了大诗人聂鲁达（Pablo Neruda）凌乱、沉闷、阴郁的真

01
插画草稿
《花园街10号》
Au 10, Rue des Jardins, 20

菲丽西塔·萨拉
Felicita Sala

实样貌，目睹他从平凡的洋葱领悟生命真谛的奇妙过程。开拓时代的爬行动物学家琼·普罗克特（Joan Procter），原来也曾是和他们一样对热爱事物眼里放光的小孩。萨拉没有把名人束之高阁，刻画成遥不可及的神话形象，而是寻找共鸣的细节，创造让孩子倍感亲切的角色。距离感的破除让小读者照见自己，相信现实是梦想的原点，传奇是每个人生都可以成就的姿态。

萨拉对现实题材的演绎不是追求如实的描绘。她让孩子发现现实充满诗意与想象色彩的一面。当画面聚焦科幻小说鼻祖玛丽·雪莱（Mary Shelley），暗黑的色调与神秘诡异的场景，编织着奇异狂放的幻想世界，让读者的视线一步步紧随玛丽，为她的科学怪人尖叫和颤抖。萨拉打造的富有新奇与魔力的情境，邀请孩子在细节里探索，在色彩的力量里迷失。她的非虚构作品启发孩子真实人生的新奇面，改变他们看待和描述世界的方式。当现实以诗意的姿态来到孩子面前，他们会更敏锐地观察生活，以富有想象和创造的目光审视周围的一切。

后来的交谈让我们更加明确，如果萨拉是传记绘本里的主角，那一定是才华与热情兼备的艺术家。她的作品歌颂了现实人生的奇妙之处。这篇对话以萨拉的日常生活为起点，试探她是否会把平凡的日子诉说成不可思议的经历。

02
《龙医生琼·普罗克特：热爱爬行动物的女子》
Joan Procter, Dragon Doctor: The Woman Who Loved Reptiles, 2018

真实的人生也可以是一场精彩的冒险

您很擅长描绘人物经历里富有奇遇色彩的一面。如果有机会画自传绘本，您会如何向孩子讲述您的生活呢？

我不会为自己画自传绘本！这肯定会是一本让孩子觉得无聊的书！我从上午9点开始画画，直到下午4点去接女儿放学。有时我会去先生在市中心的工作室画画，其他时候就是在家工作。

如果绘本里有与我相近的角色，我会很自然地融入来自我个人经历的元素，像是物品、环境或者是我认识的人。此外，我很喜欢物品和空间，比如厨房、浴室、杯具、扶手椅、室内设计和各种装饰元素。我在绘本里画的这类事物，或多或少都带有些许自传的色彩。

经由您的绘本，我们得以参观聂鲁达、玛丽·雪莱、琼·普罗克特和乔治·克拉姆（George Crum）的工作环境，也不免对您的工作室产生好奇。可以简单介绍一下这个创意空间吗？

我主要在家工作，在客厅靠窗的角落有一张桌子、收藏绘本的书柜和装满各种画材的收纳柜。我的桌上除了台式电脑，还摆满了装有彩铅的笔筒。墙上贴了很多照片和零碎物件。当我开始画新书时，我喜欢独自工作，时不时停下手中的笔，遥望窗外的一小片蓝天，观察在大街上或者楼顶上闲逛的人。

03
萨拉的小时候

04-06
萨拉的工作室

菲丽西塔·萨拉
Felicita Sala

成为插画家是您意料之外的事情吗？为什么从哲学跨界去创作绘本？能分享这趟艺术旅程的开始吗？

小学时我和家人移民到了澳大利亚珀斯（Perth），我在那长大，从小我就擅长画画。我的小伙伴们总是拜托我给他们画一些小东西。虽然我一直在画画，但在我疯狂的梦想里从未想过将来以此为全职工作，我甚至都不知道插画是什么。我热爱哲学，所以选择去西澳大学进修哲学。我以为我会继续攻读博士学位成为一名学者，然而生活把我引向了另一条道路。

毕业后的几年，我在法国、西班牙、意大利和澳大利亚之间不断来回。我意识到自己不想再继续学业，但又不知道如何以艺术为生。身无分文的时候，我会去语言学校教英语，到街头卖纸板画。我在澳大利亚时也有过一些艺术创作，但都是大幅的抽象画。虽然在纸板上也是画画，但我简化了图像，让它更童趣和鲜艳。当时我还不知道什么是插画，这或许可以看作我从视觉艺术向插画迈出的第一步吧。

我在罗马当街边小贩期间，曾拜访了特拉斯提弗列（Trastevere）的一间地下工作室，在那我遇见了一群艺术创作者。我很熟悉罗马这座城市，可我未曾见过如此不可思议的工作室。其中一位定格动画师詹卢卡·马罗蒂（Gianluca Maruotti）的黏土和手绘插画让我大开眼界（后来他成了我的先生）。那是我第一次看到绘本原画，我从不知道还有人从事这样有趣的工作，原来欧洲还存在一种我从未接触的艺术形式。之后，我开始研究绘本插画，一个新世界向我打开了

07
封面插画
纽约时报童书评论杂志
New York Times Children's Book Review, 2019

大门。2005年左右我阅读了很多意大利、法国和西班牙绘本。我十分确信，我想要创作绘本！然而，当时我还在漫无目的地在画布上用丙烯和油画创作半抽象和写实主义的作品。我在珀斯和罗马举办了小型画展，这也不过是开派对的借口而已。我的大学论文研究的是后现代主义艺术。我从未设想将来会在当代艺术领域工作，但是，我的人生就是在遇见插画后改变了轨迹。

与您之前所接触的纯绘画相比,您认为绘本插画的创作有何不同之处?为什么您会对这条道路如此坚定?

我现在的工作主要是画儿童绘本,这和画家或者艺术家的工作都不同,后者可以为了创造而创作,是纯粹的自我表达。但绘本的插画创作更接近工艺,核心是讲述一个故事,它与文本紧密相连,而且必须丰富和超越文字描述的内容。这是绘本创作最难的部分——超越文本去讲故事。

我认为插画是在幕后发生的美丽、谦逊、安静的艺术。直到近年它才逐渐被大众认可为一种艺术形式。小时候我读的书上甚至都没有署名插画创作者。大多数人只是书籍的配图员,没有名望和声誉。或许也正是这份工作的清静吸引了我。我想要默默地、谦逊地为书籍绘制图画。我希望通过画笔为孩子们描绘一个瑰丽神奇的世界,虽然我知道这可能需要 10 年的时间。

十年的自学经历对吗?后来是什么契机让您真正踏进绘本领域呢?

刚接触插画创作时,我有点担心这不是我所擅长的。我想报名插画课程,但无力支付高昂的学费,我还需要打工支付罗马的房租,只有业余时间才能自学。我经常逛儿童书店,尤其是法国书店,我认为法国出版社有最前卫的理念,出版全世界最优秀的插画家的作品。我还参观了各种书展和插画展,去学习其他艺术家的作品。

我在反复试错中进步。刚起步的时候最艰难。我之前都是在画布上作画,现在我需要重建与纸张的关系,理解文本的重要性和诠释故事的方法。为了找到最适合的工具,我实验了各种材料,从丙烯、水彩、彩铅、蜡笔、墨水到水粉。这个过程很漫长,有时我不知道自己在做什么,也不了解到底该如何创作绘本。

我努力让自己被出版社关注,但收效甚微,他们想要完整的作品,或者认为我的风格不成熟。找寻风格需要时间,许多年轻插画师因为无法在风格上认识自己而感到挫败。这些情绪是正常的。我把这个过程视作一场必须对抗、无法逃避的战役。慢慢地,我接纳了自己的局限性,我清楚地知道我就是我,不是别人,由此我找到了独属于我的风格。

没有上过艺术学校也意味着我需要更努力才能被注意。今天我能成为全职插画家,也要归功于多年来我对博客的用心经营。这是推动我创作、积累作品集的方法。我热爱美食,我在想为什么不创作食谱插画呢?有一段时期每周我都在博客上分享我的食谱插画。后来杂志开始找我邀稿。我的经纪人柯斯滕·霍尔(Kirsten Hall),也通过博客发现了我。在我的事业初期,博客是帮我获得关注的重要工具。在意大利,插画师想与出版社合作是很难的,通常他们不愿意冒险使用不知名的插画师。所以,我很感谢博客让我的作品得到了国外出版社的关注。

08
《洋葱颂:聂鲁达和他的缪斯》
Ode to an Onion: Pablo Neruda and His Muse, 2018

09
《克拉姆先生的土豆危机》
Mr. Crum's Potato Predicament, 2017

真实的人生也可以是一场精彩的冒险

如您曾说的，真正的冒险是在艺术中不断认识自己，在不同的人生片段之间寻找关联。这在您的视觉世界里是如何体现的呢？

人生的不同经历塑造着我们，定义着我们是谁。我很幸运地拥有两种文化背景下的成长经历。在青春期，这种二元性，被我们视为一种诅咒，困扰着我们的自我认同。但其实这是非常宝贵的经历，带给我很多想法和创意。在作品里，我们会无意识地带入个人特点和经历，因为它们是我们的生活的一部分。

在我的图像世界里，你能够感受到浓郁的意大利风情。我的祖父母是小村庄的农场主和工厂劳工。我的父亲是木匠，我的母亲总是在厨房煮东西。意大利的山川地貌美不胜收，我经常和住在威尼托（Veneto）和弗留利（Friuli）区的亲戚前往阿尔卑斯山，到夏天我们会去母亲的家乡海滨小镇阿布鲁佐（Abruzzo）度假。我的童年记忆里有意大利村庄的中世纪建筑、耶稣诞生画、烟囱的味道、集市、鹅卵石小巷、罗马南部破败的涂鸦郊区，还有海边用石头就能砸开的松子。这些意大利元素讲述着我的出身、童年、家庭和故乡，无意识地出现在我的作品里。

自从我搬到了澳大利亚，我的世界观受到了另一种语言、文化和民族的冲击。古老雄伟的中世纪建筑和松树消失了，取而代之的是北珀斯的桉树林、蓝天、海洋、野生动物、灌木丛和一望无际的郊区。我家也不再是一个小公寓，而是带有大后院的别墅，在岩石背后、树屋和蹦床底下，可能就藏着一只大蜥蜴。澳洲

10

11

10
《阿诺和他的马》
Arno and His Horse, 2021

11
《做一棵树！》
Be a Tree!, 2021

12
《你的生日是最棒的！》
Your Birthday Was the Best!, 2020

带给我的元素是融合、开放和广阔的自然。我获得了一个新的身份，一个新的看待事物的参照体系。

您认为您是为儿童创作的插画家吗？在您的眼里，孩子是怎样的一类阅读群体？

你们可以放心地称呼我为儿童绘本插画家，因为为儿童读物绘制插画占据了我百分之九十的工作时间，剩下百分之十是为杂志和报纸绘制美食插画。英国儿童文学作家罗尔德·达尔（Roald Dahl）曾在一次访谈中说道，孩子是非常挑剔的小评论家。这的确是事实，孩子会不知疲倦地读着同一本书，但如果他们不喜欢，翻完前两页就会把书丢弃一旁，再也不会读了。

因此，创作绘本时我会认真思考孩子的视角。我会想我的"内心小孩"喜欢阅读和观看的内容，然后试着去回应她的想法。我也会想到我认识的各种孩子，他们是否会享受这个故事，我的插画能否引发他们对世界的好奇。

我们是否可以认为"打造新奇感"引导着您的插画创作？这是您的绘画哲学吗？

我没有所谓的绘画哲学，而是通过一种本能去判断我的图像是否行得通。我思考的问题是如何让插画起作用，如何保持一种平衡。我常常被挫败感逼迫着，只有当我感觉创作在往正确的方向进行时，这种感受才会得到一点纾解。但有时事情并不如我所愿。我希望我的图画能打动读者，即便是很微妙的，或者纯粹是视觉层面的。但我在实际画图时不会考虑这些，它们都在无形地推动着我。

我喜欢能创造惊奇感的书。我试着通过追忆童年和翻看旧书去回顾那份惊奇感。我想到的代表作品有瑞恩·波翠利特（Rien Poortvliet）的《小矮人》，和理查德·斯凯瑞（Richard Scarry）的绘本。但这类作品已经不常见了。我尤其欣赏二十世纪六十年代的插画，比如米洛斯拉夫·萨塞克（Miroslav Sasek）、普罗文森夫妇（Alice and Martin Provensen），以及斯蒂恩·萨弗雷尔的作品。我认为打造奇妙图像的关键是能否回应孩子的内心，而儿童文学作家贾尼·罗大里和阿斯特丽德·林格伦（Astrid Lindgren）就是这方面的故事大师。

孩子对美有不同的感受和需求吗？您在创作绘本的过程中会思考孩子的审美偏好吗？

我相信孩子对美有深刻的领悟，不同于成人受后天教育养成的审美观。他们的艺术品位更贴近天性，源自更深的地方，或者说与生俱来。孩子还小的时候不清楚自己的审美偏好，但总会让成人知道他们的喜好。我认可玛利亚·蒙台梭利（Maria Montessori）说的，

13 菲丽西塔·萨拉的插画作品

14
插图草稿
《我不画画,我上色》
I Don't Draw, I Color!,
2017

孩子们在操作和创造中展现着他们的思维。当他们专注于涂鸦、过家家、唱歌跳舞或游戏时,你可以观察到这一点。儿童通过自己的行为来体现美学,这是非常个人和神秘的过程。

我知道谈论艺术中的美会有些过时,但我的确是美的忠实信徒。我很肯定,和大人一样,孩子也被美的事物所吸引。我说的美绝非完美。我尝试创作美丽的绘本,但这份美还意味着带给读者阅读的快乐。

书籍的审查制度过滤着插画家想要传递给小读者的内容。您是如何看待绘本的视觉适宜性的呢?

绘本不仅带孩子走进了故事的世界,也开启了他们对艺术的初步探索。某些学院派的观点认为孩子只需听故事,不用看图像,以免内心的想象世界被成人污染。我不认同,孩子们需要接触书籍里的各种图像和故事。

我很感恩能创作《我不画画,我上色》,它对颜色和情感的抽象表达,还有故事的概念都让我着迷。但很遗憾的是倒数第 2 页的插画被换掉了。小主角一直都是黑白的形象,我构想借由色彩的瞬间迸发表现他的成长蜕变。但是,这幅图在美国市场看来,过于概念化和有些"暴力"。我努力想保留这幅画,因为我相信孩子对图像概念的理解力,他们会感到惊讶和新奇。出版社理解我的想法,但最后选择了另一幅图。一本书是团队努力的结果,这本书让我学会妥协,即使有时我并不认同出版社的做法。做这本书的时候,我很难理解美国绘本市场的风向,因为在欧洲,一切好像都是被允许的。过去的二三十年,绘本发生了翻天覆地的变化。欧洲出版社不像英语国家的同行那么关注适宜性和德育,尽管这一切都在变化中。

15
封面插画
安徒生杂志
Anderson Magazine,
2020

您说过,"美不是完美和美丽,而是对立的黑暗、扭曲与和谐、欢愉之间的平衡"。您在创作绘本时是如何遵循这个规则的呢?

玛丽·雪莱的传记绘本可以展现我如何从黑暗与扭曲中寻找和谐。第一次读故事文本时,我就很清楚它需要特定的风格和配色。我必须创造一种阴森诡异的氛围,伴随强烈的光影对比和暗黑戏剧化的效果。但困难的是我缺乏经验,比如我不知道该如何画暴风雨和躲在窗帘后窥视的怪物。另外,我不想让插画看起来像恐怖电影的静止画面。所以,在保有我以往风格的同时,我很明确这本书需要有不同的尝试。我试验了新的上色方法,不过多干预,而是让颜料自由流动。因此,这些图像既有我过去作品里的平面化风格,又多了流动变化的视觉活力。

16-18
《她制造了一个怪物:玛丽·雪莱和弗兰肯斯坦》
She Made a Monster: How Mary Shelley Created Frankenstein, 2018

菲丽西塔·萨拉
Felicita Sala

您的大部分作品都是非虚构绘本。您对这类题材有格外的偏好吗？您认为非虚构绘本能给孩子的成长带来什么特殊的养分呢？

非虚构绘本不仅是向孩子们介绍历史名人的绝佳途径，也能引发他们对各种话题的讨论，比如某段历史时期、人们的生活状态、名人所在的国家。这些书让孩子们知道，那些富有传奇色彩的人物是历史上真实存在，而非编造的。真实的人生也可以变成一场精彩的冒险。

非虚构绘本的确是我的主要作品，因为我不断收到这类题材的邀稿，故事的确也有吸引我的地方。《去往奥伊斯特贝：琼斯夫人和儿童权益游行》的出版让我受到了很多关注，之后相似主题的邀稿就更多了。我跟经纪人说："我不会再做传记绘本了，除非主角是汤姆·怀特（Tom Waits）。"当然，认真地说，这类书籍对我来说就是宝贵的训练场。我每做一本书就学到一些新东西。创作琼·普罗克特的传记绘本时，我学会了画蜥蜴。再到画玛丽·雪莱的绘本时，我试着用有限的暗黑调的颜色创作。为了画这些真实存在的名人，我需要研究某段历史的视觉细节，还有个人风格，比如如何避免平庸或者俗套的表现人物的方法。

在您研究这些历史人物的过程中，有什么有意思的发现吗？您印象最深刻的是哪一个角色？

我第一次读琼·普罗克特的故事，就被她对爬行动物的热爱所打动。我很喜欢蜥蜴和女孩的组合。在我成长的澳大利亚，巨大的蜥蜴并不罕见！我有一个专门的文件夹，里面收集了很多蛇、蜥蜴和龙的图片。我还不断搜集这类的参考书。画蜥蜴和蛇真的很难，但学习新东西很有趣。这些爬行动物真是非常漂亮的生物。在出版社的帮助下，我还获得了许多关于琼、二十世纪二十年代的伦敦时尚、美国自然历史博物馆和爬行动物的照片。我第一眼看到琼的照片就觉得她很有个性。这位戴着珍珠项链的优雅女士居然牵着一条科莫多巨蜥在伦敦动物园里散步，这个有趣的反差无疑很适合用插画去表现。

19
《龙医生琼·普罗克特：爱爬行动物的女子》
Joan Procter, Dragon Doc
The Woman Who Loved Reptiles, 2018

20
角色设计图
《龙医生琼·普罗克特：爱爬行动物的女子》
Joan Procter, Dragon Doc
The Woman Who Loved Reptiles, 2018

人物传记绘本的核心是"人",您如何应对挑战,去演绎一个真实人物,并展现他们的性格特征呢?

诠释一个真实人物会更容易,因为有很丰富的资料可以入手。但困难在于找到合适的角色化方式,既不会太卡通,也不会过于写实。所以,我需要对角色有感觉。我会想画的传记故事需要包含能打动我的角色,而且我能想象该如何画他们。我做过的最有挑战的一本书是乔治·克拉姆的传记绘本,因为他的照片太少了,很多流传的照片也不是真实的。克拉姆是非裔和美国本地人的后代,故事发生时他还很年轻。我只能凭借他老年的模糊照片想象他年轻时的模样。更难的是我还需要用绘本插画的风格去设计他的形象。设计真实的角色时,我会画很多速写。我从人物的写实素描入手,以便让自己更熟悉角色的长相。之后我会把他们抽象化或简化,直到我找到用我的风格表现角色的最完美的方法。

21
《克拉姆先生的土豆危机》
Mr. Crum's Potato Predicament, 2017

22, 23
角色设计图
《克拉姆先生的土豆危机》
Mr. Crum's Potato Predicament, 2017

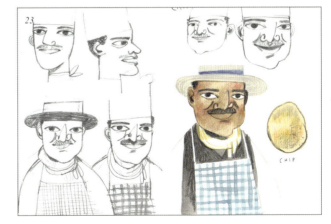

真实的人生也可以是一场精彩的冒险

您挑选绘本文本的标准有哪些?您画过的哪一本绘本的文字给您留下了深刻的印象?

我会选择能让我共鸣、享受创作、读起来很有趣的故事。图文关系是绘本创作中的关键问题。文字和插画之间的平衡是很难实现的,它们是共生关系,任何一方离开了对方都无法存在、被阅读和理解。优秀的绘本是在文与图之间达到完美平衡的作品,但极少插画家能够实现这一点。我不喜欢讲得太多以至于插画无法呼吸的文字,还有完全重复文字的插画。我也质疑过分追求创新,让孩子理解困难、感到沮丧的插画。

我喜欢故事文本带有诗意、滑稽或者荒诞的元素。比如,我画过一本关于季节的绘本《绿色的四季诗篇》,由戴安娜·怀特(Dianne White)著文。她的文字有韵律,读起来非常轻松愉快。这本书在探索四季的色彩和元素的变化。我可以描绘出所有的美丽事物,从开满鲜花的原野到白雪皑皑的田地。但这绝对不够,我需要在图像叙事里融入诗意的元素。为此,我画了一家人的日常生活。春去秋来,母亲的肚子慢慢变大,到故事的结尾,一家人迎来小宝宝的降生,这个故事从另一个视角展现了生命循环的概念。

24
《绿色的四季诗篇》
Green on Green, 2020

这让我们想到《洋葱颂：聂鲁达和他的缪斯》，这本书里文字和图画所营造的梦幻意境，让人难以想象事件的真实性。您认为它达到了您所说的图文的完美平衡吗？

非虚构书籍的图文关系的说教感更重，因为这类作品通常更具教育性。插画展现文本内容，但这不是必须的。文本自身就能以孩子感兴趣的方式讲述非常具体的历史人物和事件。我认为插画家的工作是为故事增添更多能引发好奇心和敬畏感的内容。《洋葱颂：聂鲁达和他的缪斯》不是严格意义上的传记故事，它更像普通的绘本，有虚构题材的叙事语言。故事讲述一个郁闷的男人和一个快乐的女人在花园里关于洋葱的对话。新奇之处在于主角们都是真实存在的人，但读者在读完故事后才会知道这一点。

隐喻在这本书里至关重要。故事的核心是洋葱对聂鲁达的意义——地狱和天堂、黑暗和光明、死亡和重生。这也是我不想在封面上直接展现洋葱的原因。法语版保留了最初的设计——聂鲁达和玛蒂尔德一起仰望月亮，这个"天国的球"就是聂鲁达对洋葱的形容。我不喜欢初版封面，它是某幅内页的再编，对内容的展现过于直白，无法反映整本书的深刻内涵，它原有的诗意被剥夺了。或许美国出版社会觉得我是很麻烦的创作者，不过我们合作得很好，我也学会了让步。

童话等虚构作品更多是一种想象性的创造。而非虚构作品以现实为背景，反映真实世界，真实与客观是其重要特征。这两类绘本的创作体验有何不同呢？

不论是虚构还是非虚构绘本，我都会画很多草图。在研究角色、场景、技巧和风格方面，这两类绘本的工作量相差不大。有时创作非虚构题材会有更多限制，因为我需要确保历史准确性，那些人物、时期和地点都已经设定。困难的部分是用我的个人风格表现它。创作虚构类绘本，我拥有更多的自由以我的想法创作，但过多的自由也让人疯狂。虚构故事也需要找到特定的角色和场景。《爷爷的白头发》是完全虚构的故事，我摸索了很久才确定主角的面部特征，我画的场景是意大利南部的白色村庄，融合来自北部的元素、山川、森林和雪地。

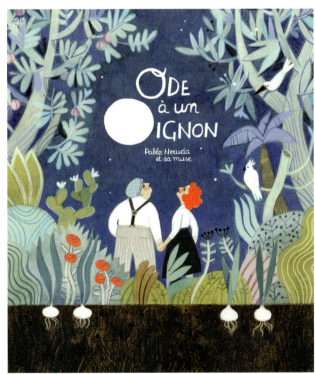

25
法国版封面
《洋葱颂：聂鲁达和他的缪斯》

Ode à un oignon: Pabo Neruda et sa muse, 2019

真实的人生也可以是一场精彩的冒险

过分强调真实客观会僵化创作的自由想象,但太过幻想的风格又会让人对非虚构的纪实性产生怀疑。这是难以平衡的不是吗?对于这样的争议,您会如何回应呢?

绘本是一门独特的叙事艺术,它需要以自身的特点被读者接受。如果传记绘本太像纪录片,写实、说教,在我看来,这就是无聊的作品。我不想聚焦在传记本身,而是发掘独特的"故事"。我所有的书都在试图讲述对孩子有吸引力的故事。我永远无法画一本历史书,因为我的创作总是需要一些虚构的元素。我最近在画的绘本都是小说和诗歌,这是我真正的兴趣点,跟孩子讲述关于他们的故事。

哪一本非虚构绘本最能代表您的诗意呢?一部让您自由地表达想法,把您想要为孩子们创造的奇妙世界变成现实的作品。

最能表现我的风格,不受创作约束的是《花园街10号》,这是我的第一本自写自画的绘本。我为美国的出版社画了好多本人物传记,所以我很好奇是否可以为不同的市场服务,有更多的自由做喜欢的项目。在博洛尼亚童书展上,我联系的法国出版社很乐意与我合作,编辑提议我做一本记录食谱的书。我不是烹饪大师,只是一个家庭厨师,但我的确热爱美食,也喜欢与食物相关的绘本。从构思概念、绘制食物,到为角色设计独特的厨房背景,整个创作过程充满了乐趣。

26, 27
《花园街10号》
Au 10, Rue des Jardins,
2018

菲丽西塔·萨拉
Felicita Sala

这也是我做过最困难、辛苦和有野心的项目，因为我不想只是做一本简单的食谱书，市面上已经有很多儿童烹饪书。我的兴趣点在于让孩子们瞧一瞧不同人家的厨房，了解到不同地方人们的饮食文化。对于多元文化的展现，我很谨慎，避免过于具体，或者制造刻板印象。所有人用心准备着自己国家的特色食物，最后聚在一块分享，这就是我想要传达的烹饪和享用美食的意义。我精选的食谱是我的家庭料理，或是孩子们能轻松烹饪和食用的菜肴。但是请注意，这不是一本"儿童的美食书"。我相信孩子也可以品尝大人的食物，他们也能用同样的探索世界的好奇心来感受和认识食物。

您定义自己为非学院派的艺术家。面对一个新的故事文本，您的个人方法是什么？最常用的绘画工具有哪些？

一开始我会读很多遍故事，对每个部分进行思考，直到我的眼前浮现出一些画面，知道该如何以一种不说教或者不俗套的方式去诠释概念。之后，我会画一系列草图。面对一张张白纸是最有挑战性的阶段。创作图像的最初过程就像是新生命的诞生，交织着汗水和泪水。有些插画的诞生更容易，而有的需要反复试验，经过多次反思和推倒重来才能找到最正确的感觉。作者和出版社都满意了以后，我便着手完成最终的图像。这是最有趣的部分——用色彩表现出肌理、光影和游戏性。

我最喜欢的工具是彩铅。我喜欢像孩子一样用彩铅肆意涂鸦，没有其他材料像它一样能让我如此靠近自己的内心小孩。我也喜欢彩铅能带来的精确感。我的绘画过程从水彩铺底开始，用彩铅在上面补充细节，之后再用水彩和铅笔，偶尔加入水粉、墨水、蜡笔。我会不断丰富一幅画的视觉层次，直到感觉这幅画完成了。总之，我没有一个专业化和学术化的绘画过程。

28, 29
《爷爷的白头发》
Perché mio nonno ha i capelli bianchi, 2017

您的很多作品都体现了色彩的叙事功能。您通常会如何考虑绘本的整体配色方案？您的色感从何而来？

色彩对我的创作很重要，我从不随意选择颜色。绘本的配色方案对创造整体的和谐有关键的作用，这与我之前提到的美的概念是相呼应的。我对颜色的选择取决于故事的类型。例如玛丽·雪莱的传记绘本，我选择的主色调是黑色和蓝色。但在我平时的创作里，我更常选择复古、低饱和的颜色，这是我喜欢的配色。我受到半世纪前的儿童插画，像萨塞克和普罗文森夫妇作品，还有现代艺术、保罗·克利（Paul Klee）、巴勃罗·毕加索（Pablo Picasso）和亨利·卢梭（Henri Rousseau）的作品、民间绘画和拜占庭人物画的启发。

作为过来人，您有哪些宝贵的经验可以分享给想要踏进这个创意领域的年轻插画师呢？

我也在从事插画教学，我经常看到学生心切地想要展现自己富有创意的想法，而不是先认识绘本的本质特点。对于初学者，我的建议是多研究绘本的双面性，它不仅是文字也是图像的叙事，是两者兼备的艺术，需要以此去理解和欣赏它。另外，绘本不是个人的博物馆，不是艺术家大放异彩的媒介，而是讲故事的工具，是为读者服务的。孩子是重要的阅读对象，是这种叙事艺术的主要受众。任何绘本创作者都不能忽视内心小孩和儿童读者，要带着探索绘本的热情去认识我们的孩子。然后，多翻翻那些创造历史的经典作品，体会是什么打造了图文之间巧妙而有魔力的平衡。

莫妮卡·巴伦戈

给予不曾被看见的事物闪光时刻

插画家 莫妮卡·巴伦戈
　　　　Monica Barengo
出生地 意大利 都灵（1990）
代表作 《花粉：爱情故事》《蝴蝶遇见公主》《茶》《爷爷的玩具王国》《没有理由的一天》《作家》

"我想要打造微妙、寂静、内敛与凝滞的氛围。忙碌的生活有很多我们未曾留意和捕捉的事物，我的绘本试图给予它们闪光的时刻。淡忘在狂热生活里的小举动和小事件隐藏着独特的诗意，我想要再现和歌颂它。"

给予不曾被看见的事物闪光时刻

01

内向的人的心灵世界层层叠叠,复杂而丰富。害羞让他们难以与外界交流,可是对自我敏感的探索磨砺了他们感受情感、洞察世界的能力。这些情感技巧可能会与有形的现实产生摩擦,但它们滋养了想象与创造力。

在乡村的厨房,有一块大黑板,前面站着两个孩子,一个活泼外向,另一个安静内向。第一个孩子只涂了两三笔,就被房间里的声响所吸引,扔下粉笔去玩其他游戏了。而那个内向的孩子专注笃定地描绘每一笔线条。不管旁人是否能理解这些画,它们都在小艺术家眼里讲述着清晰的人物、场景和故事。她自由地释放和表达内心世界,没有任何顾虑与羞怯。

这个小女孩就是莫妮卡·巴伦戈,她依然保留着儿时腼腆的性格并饱含情感地作画。茶褐的色调打造复古的氛围,细柔的线条搭配精致的肌理,典雅的造型映衬妙趣的神态,巴伦戈的插画流溢着女性美与诗意,让人陷入温柔的遐想。

01
《作家》
Lo scrittore, 2019

莫妮卡·巴伦戈
Monica Barengo

她的多数作品都在鼓励读者关注内心,在寂静的氛围里,对内在的情感进行亲密反思。在处女作《花粉:爱情故事》中,巴伦戈巧妙地演绎了一段空想爱情的情感变化。少女爱上了一朵初绽的白花,她细心浇灌,沉醉于那沁人的芳馨。可白花突然枯萎、凋谢,直到某天少女在邻家花园里再次看到了盛开的白花。这个故事就像是为巴伦戈量身定做的,她用象征和符号去表达心底最深处的情感。巴伦戈以一朵花的盛开、凋零与重生比喻爱情毫无征兆地降临、告别与释怀。又以一把复古小剪刀,优雅地演绎分离的悲伤。这些掩藏的视觉象征为情感赋以实体,把它们变成了有形的事物,等待读者自行去想象和解读。

巴伦戈的图像故事就像婉约诗。翻页之间,情感在静

静地低回,叙事片段间的留白、沉默和符号的密语,在寻求读者对意义的推论。在《云》里,读者被忧郁氛围所包裹,听提琴声弦缭绕,对咖啡倾诉衷肠。音乐家的举手投足间皆是情感的微妙变化,巴伦戈运转视角,让读者的视线停留在情感凝聚的时刻,鼓励他们与主人公一同在爱与忧伤之中沉浮。这些诗意的图像片段创造了安全的空间,让情感诉说故事。

巴伦戈的绘本让我们与无形的事物贴得更近,看见、感受与讲述它。从宁静的生活出发,我们期待了解更多这位年轻艺术家诗意而内敛的美学。

02
《蝴蝶遇见公主》
The China Bottle, 2017

03
《画一只鸟》
Pour Faire Le Portrait
D'Un Oiseau, 2019

给予不曾被看见的事物闪光时刻

《作家》中的小狗其实是您的爱宠格雷塔是吗?书里描绘的生活是否也是您的日常呢?

它当然是格雷塔!这本书是一个从狗狗视角讲述的故事,主角是一位作家,但其实他可以是任何类型的创作者,包括我。是的,我承认我过着十分枯燥,连我的小狗都无法忍受的生活。创作《没有理由的一天》时,我想把故事里的配角腊肠狗换成我的格雷塔。但是作者大卫·卡利(Davide Cali)说他太喜欢腊肠狗了,不得不放弃格雷塔。不过,他承诺我将来有机会再创作一本以格雷塔为主角的绘本。

后来我和卡利聊了一些格雷塔的事,我们发现这只小狗不幸地过着非常无聊的生活。它期待和我玩一整天,所以每次我从画桌上站起来时,它都以为我要带它出门,或者让它做一些好玩的活动。但我只是连续几个小时不停地回到桌边去做它无法参与的事情。所以故事灵感就来源于我非常无趣的一日生活。

当我一整天都待在家工作时,我常常忘记要吃饭或者出门走走。我们很容易沉浸迷失在正在做的事情里,但是小狗可以帮助我们把生活安排正常化,因为它们有非常明晰的生理需求。

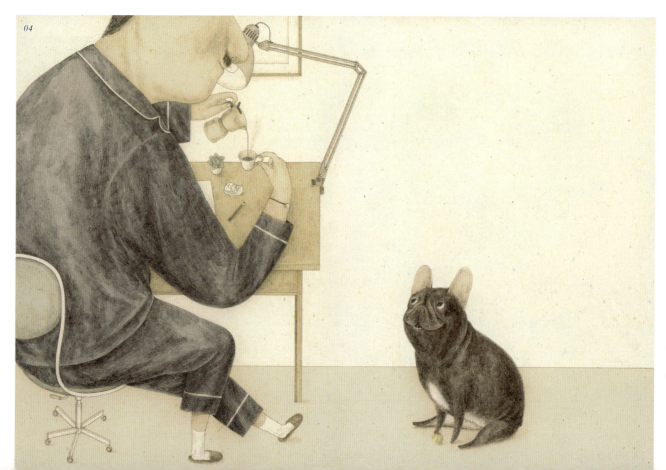

04, 05
《作家》
Lo scrittore, 2019

莫妮卡·巴伦戈
Monica Barengo

您对视觉叙事的热爱扎根于您的童年吗？您从很小的时候就开始画画，这个爱好如何丰富您的童年生活，家人又是如何给予您支持的呢？

小时候，我总是在画画，因为我很害羞和内向，绘画便成为我与外界互动的一种方式。我在乡村长大，我的叔叔是农场主，所以我家到处都是小动物，有牛、山羊、鸡等。我记得在我家厨房有一块大黑板，很多个下午我都在上面画画。我特别喜欢画小动物，在黑板上擦掉，重画，将它们来回移动，整个过程就像在玩玩具。我会给自己讲故事，我最喜欢的某个情节还被我写进了一本小书里，它讲述了地下蠕虫的日常生活。这群小虫子喜欢啃食胡萝卜，但是又要面临来自不友善的敌人——一只拿着铁锹的兔子的威胁。

对讲故事的热爱或许继承于我的母亲，没有人特意告诉我应该爱上阅读，一切都是耳濡目染的结果。我的母亲喜欢读书。从小我就经常和她逛书店，帮她一起选书，所以我对书籍的品位是从很小的时候培养的。母亲让我更贴近书籍，她总是在睡前给我讲故事。母亲也是个非常富有创造力的人，从事过很多工作，比如糕点师、调酒师、裁缝，但在我的职业选择上，她从未向我提过要求。

我的父亲是我的忠实粉丝之一。他也喜欢绘画，但是他的生活不允许他追求这份热爱。父亲来自一个农民家庭，所以他必须学习一个能够帮他快速找到工作的专业。我记得很多个漫长的周日我们都在一起画画。他会帮我画小动物，然后我在线稿内小心翼翼地填色。当我出版第一本绘本时，父亲为我和我的工作倍感骄傲。后来他去世了。每次当我有新作品出版时，我都会收获一份成就感，但同时也有无法再与他一同阅读的悲伤。

据说是马瑞吉欧·葛瑞欧（Maurizio Quarello）的插画课让您在高中时期就决心将来成为一名插画家？能分享您与绘本的结缘故事吗？

遇见葛瑞欧的那一刻，我决定献身插画事业。这有点像一见钟情后生活因此改变的感觉。我和插画的相遇就是如此。小时候我读过很多童书，但我从未好奇过插画家的身份和他的工作。我知道漫画家和画家，但插画家对我而言是全然陌生的概念。

高三时我有幸见到葛瑞欧，因为他的姐姐是我们学校的语言老师。那个下午，葛瑞欧带来了他的绘本《铁齿》的原稿，与我们分享他的每一张插画背后的故事，每一个故事的缘起，和最终制作成书籍的过程。我完全失去了理智。有时我并不清楚自己为什么选择了艺术学校。我只是纯粹地喜欢画画，我从未想过将来以此为生。对于未来我没有明确的道路。可当我看到葛瑞欧作品的那一刻，我爱上了插画家这个职业。巧合的是，几天后，欧洲设计学院的课程代表来到都灵，宣讲插画课程和奖学金项目，我马上报名了。父亲有些犹豫，特别是在费用方面。但幸运的是我有申请奖学金的资格，最后，我也赢得了头奖。

06
《画一只鸟》
Pour Faire Le Portrait D'Un Oiseau, 2019

莫妮卡·巴伦戈
Monica Barengo

您曾说自己像块海绵，时刻在向外吸收着喜欢的事物。这在您的视觉风格的发展过程中又是如何体现的呢？

在高中时期，我没有机会塑造我的个人风格，因为我们在技巧创作的提升上投入了很多时间。不过当时我和朋友共同创作了爱好者杂志（Fanzine）的漫画，比起在课桌上画画，我们获得了更多试验的机会。在画漫画的过程中我摸索出了一套角色设计的方法。那会儿我非常欣赏独立出版物的怪诞美学，我也听了很多朋克摇滚乐，所以颠覆暗黑的图像对我有很深的影响。长大后，我的风格变得更柔和，我的图像世界更多受到电影、插画书的滋养。

对于风格，我没有确切的参考来源，但我很清楚自己的喜好，遇到契合我审美的事物，我会很快理解、吸收，自然地放进我的故事情境里。为作品集选择插画时，我才意识到我的作品是如此相似。所有的插画像是来自同一个世界。我从未注意到这一点，当我投入在项目创作时，我不会再去关注过往的作品，所以我不曾对我的作品有清晰的整体视角。比起寻找某种风格，我更相信的是氛围和通感的重要性。

07
《一个很长的故事》
C'est bien trop long à raconteur, 2018

给予不曾被看见的事物闪光时刻

流淌在您插画里的寂静氛围常常邀请读者沉浸于故事的情感里,与主人公共情。

寂静在我的叙事里很重要,它常常作为一种存在条件、氛围,在空间与角色之间轻轻回荡。我描绘的角色都很内向,喜欢过安静的生活,我把这一切视为积极的。在我的作品里,我试图让忧郁变成一种疗愈,让正在经历悲伤时刻的人得到一个拥抱。寂静是我的作品里非常重要的氛围,它可以让人专注于他们的追求。我在寂静中感到很自在,因此我也很自然地想在书里呈现这种感觉。

我想要打造微妙、寂静、内敛与凝滞的氛围。忙碌的生活有很多我们未曾留意和捕捉的事物,我的绘本试图给予它们闪光的时刻。淡忘在狂热生活里的小举动和小事件隐藏着独特的诗意,我想要再现和歌颂它。

您曾说您希望文字与图画在两个平行的轨道上讲述同一个故事。在具体的创作中您会如何去实现这种关系呢?

与我合作最多的绘本作者是大卫·卡利。他常常写简洁的文字,给予插画充分的发挥空间,因此,为他的文本补充视觉细节的确是必要的,不然故事可能会缺失一些内容。

08, 09
《没有理由的一天》
Un giorno senza un perché, 2017

莫妮卡·巴伦戈
Monica Barengo

《没有理由的一天》的文本其实没有腊肠狗，卡利并没有计划要在故事里放入这样的角色，但是我画了它。于是，这只狗变成了故事里非常重要的角色。文字讲述的是一个孤独的人找到了朋友。这只小狗的加入成为完整故事线的关键，因为主人公就是在公园里和小狗玩耍时结识了新朋友。所以在这本书里，文字在讲述一个故事，插画在描述另一条平行的剧情线。这种对话是我在绘本创作时一直努力实现的目标。在雷尼·马格利特（René Magritte）的《这不是烟斗》里也能找到相同的活力。如果只是一张图片，作品反讽的意味就不存在了，反之亦然。所以图画与文字互动创造了绘本叙事艺术的丰富性。

这在其他视觉叙事里无法实现吗？除了绘本，您也创作了图像小说《我认识卡梅拉》。虽然都是视觉叙事书籍，但相比之下，您觉得绘本的特点是什么呢？

绘本的潜力在于文字与插画的互动性。图像小说的图像更多，节奏更快，它几乎可以看作一部电影。文字更加主导，图画常常是用来支持文字的。但在绘本里，我有更多机会玩我感兴趣的概念，例如寂静、定格时间、节奏更慢的跨页和精致的设计。我可以在图文的互动中有更多有趣的尝试。然而，这在图像小说里可能会造成误解，因为它的文本通常是人物对话，所以图文矛盾的游戏会造成理解的障碍。因此，只有在绘本中，我实现了想做的事情。

09

给予不曾被看见的事物闪光时刻

大卫·卡利评价您是乐意倾听建议，但又特别坚持自己想法的创作者。您如何看待插画家与作者、编辑及读者的关系呢？

在我还是一名大学生时，卡利就认识了我，当时他是我的考官。在看完我的作品后，卡利很快委托我创作《花粉：爱情故事》。这个故事让我产生了深刻的共鸣。我从来没有遇到过如此贴近我本性的文字。但卡利需要知道如何应对坚定而幼稚的我，过去我总是执着于建立一种属于我的风格，而不是为故事服务。一旦我喜欢上某个东西，就会毫不妥协地把它带入创作中。后来我变了，变得更加柔软，以更成熟的方式处理工作。

我对充满情感的图像和象征的执念得到了 Kite 出版社的认可。编辑瓦伦蒂娜·麦（Valentina Mai）很快决定签约这本书。我和卡利都很高兴，因为我们让 Kite 出版社接受了一个非常具有争议的故事。这本书后来也广受读者的喜爱。在法国，它深受女孩们的欢迎。在工作坊我发现孩子们也很喜欢这本书。

10, 11
《花粉：爱情故事》
Polline:Una storia d'amore, 2013

您会担心您诗意的表达让孩子有理解的困难吗?

我从没想过要为孩子们完成一本绘本。这么做就意味着削弱它最终的意旨,删减它的内容,改变它的模样,只是为了让孩子们更容易理解,或者符合伦理规范。我认为没有必要弱化图像的情绪感染力,因为帮助孩子搭建理解的桥梁是成人的任务。

我认为我的作品适合所有人,孩子也可以阅读,如果有成人的陪伴,或者他们自身已经准备好而且想要接触那些话题。比如,并不是所有孩子都准备好谈论爱情。我曾经为孩子们朗读《没有理由的一天》,他们一开始很高兴,笑得不停。直到理解了翅膀代表爱情时,孩子们很失望,他们对这种情感有一些抵触和尴尬。另一个例子是《花粉:爱情故事》,它的文字和插画包含很强烈的情感,讲述了一个重要的主题——如何接受爱情的逝去。成人有时都无法理解,向孩子们解释这一点就更复杂了。

与 Kite 出版社的合作,让我有机会讨论小众的议题,发展在我看来很前卫的插画风格,因此要被大众接纳也需要更多的时间。现在绘本在文学书架上占有一席之地是因为成人也开始喜欢阅读绘本,它可以面向两类不同的读者群。我相信绘本是适合每个人的珍贵读物,它很丰富,有两种相互作用的语言,能创造更多阅读的可能性,带给读者多元的思考。

给予不曾被看见的事物闪光时刻

12
《云》
Nuvola, 2016

您的绘本经常出现剪刀、咖啡、小提琴、宠物。这些是来自您个人生活的元素吗？您如何将这些个人的元素与叙事相结合呢？

物品的象征含义使我想要传达的意思更完整。比如剪刀锋利、优雅，在《花粉：爱情故事》里很适合作为分离的意象。我描绘的物件的内在含义是人们所熟悉的，另外，我也常常融入我生命里出现过的事物，有着个人的特殊意义。例如，《云》里的小提琴是曾在我的生活里占据重要位置的乐器。这本书讲述了一个女子在清晨醒来后的阴郁心情。我想要谈论的不局限于此。我寻找能传达这种被困感的个人视觉象征物，

莫妮卡·巴伦戈
Monica Barengo

那就是小提琴。占据我人生大部分时光的小提琴现在就挂在墙上，当我决定不再拉小提琴时陷入深深的沮丧。插画和小提琴是无法同时进行的爱好，它们都需要全情投入。我在《云》里展现的小提琴危机，也是任何艺术家每天醒来后需要面对的创作瓶颈。我很满意结尾插画与文字的协作方式。文字说，"她再也不知道把脚放在何地了"，插画里我的角色再也不知道如何把她的手指放在小提琴的指板了。一切都很恰当。

为什么您偏爱有着敏感和内向性格的角色呢？

他们是很契合我的寂静世界的角色，或许也是因为小时候我常遭受害羞的性格的困扰，所以我想要再现这些与我相似的人物，给予他们独属的荣光时刻。内向的人很美丽，他们有很多内在的东西可以表达。只不过在一个喧嚣的世界，他们有时没有机会被看见或倾听。因此，我想为这群人创造一个安静的空间，让他们做自己，被注视，感受到自我的重要性。

我所有的角色可能都来自同一本书。他们都有细长优雅的脖子、宽厚结实的肩膀、像大头针针尖般小巧的手脚。对我而言，绘制女性角色会相对容易，因为我很了解她们。相反，男性角色常常使我陷入困境。刚开始创作《没有理由的一天》时，我对男主人公的形象特征有些困惑，后来我想象他可能是一个长着小雀斑的小个子男人，没有清晰的性别特征。这个想法启发于查理·卓别林（Charlie Chaplin），他俩其实并不像，但却是同类型的人，沉默少语。我很喜欢最终这个有点小悬念的主人公。

13
《爷爷的玩具王国》
The Spinning Top, 2017

给予不曾被看见的事物闪光时刻

情感或氛围是您从故事文本里获取的第一信号吗？这是您展开图像研究的第一步？

通常，我会从必须画的元素开始。在做图像研究时，我会阅读一些参考书，帮助我搭建想象。一开始都只是雏形，不管是颜色还是氛围都没有具体的模样，需要一点点建构。我不总是使用相同的方法。有时我会草绘一个代表整本书气质的角色，然后把它贴到我的工作桌上，提醒我这本绘本应有的氛围。其他时候，我会从一个句子开始，把词语记在心里，然后去建立一种情感基调。

我的绘本主要谈论的话题是爱情，或者我很熟悉的感受，所以我能表达得很好，有很清晰的看法。但也有例外，比如我为格林文化创作的中国文化绘本，我必须做精细的图像研究，因为我来自非常不同的视觉背景。我周围的一切都与我要诠释的文化环境很不一致。因此，在创作这一系列绘本时，我没有依赖太多个人的情感或想法，而是利用书籍和网络做了很多关于瓷器、茶之类的图像研究。

14, 15
《蝴蝶遇见公主》
The China Bottle, 2017

莫妮卡·巴伦戈
Monica Barengo

创作《蝴蝶遇见公主》时，您还参考了中国明朝古籍去了解瓷器的制作过程是吗？您的研究都是自主的吗？编辑在这个过程中给您提供了哪些帮助呢？

我家附近的书店经常会卖二十世纪五六十年代的二手书和绝版书。我没有预料到会在这找到一本关于瓷器的精美小书。一切都在书里。虽然我可以用我的风格描绘瓷器的制作过程，用来自我想象世界的装饰元素丰富它，但是我需要从书里找到理论根基，去真正理解这个充满异域风情的艺术过程。

《蝴蝶遇见公主》是我的第一本中国传统文化绘本。刚开始我没想过向出版社的编辑寻求更多参考资料，也因为我暂时还不需要。对项目有点信心后，我才开始询问编辑，后来他们真的发给我各种视觉参考资料，帮助我从不同视角了解瓷器。创作《茶》时，亦是如此。对于我无法仅凭个人的想象完成的绘画，我需要借助图像研究。

您与郝广才先生合作了三本关于中国传统文化的绘本——《蝴蝶遇见公主》《爷爷的玩具王国》和《茶》，您的风格出乎意料地与之契合。这次有趣的东西方合作是如何发生的呢？

这一切的发生其实很偶然。我在博洛尼亚童书展上路过了格林文化的展位，很多人在那排队等待面试，我也加入了队伍。郝广才先生看了我的作品，表示很喜欢，并说有一个故事很适合我。过了几天，我收到了他邀请合作的邮件，里面附着《蝴蝶遇见公主》的故事文本。

我以为我和郝广才先生的合作在这本书之后就结束了，但这么多年来，我和他建立了融洽的关系，我们一起做了3本中国传统文化绘本。我对东方美学很着迷，尤其是中国文化，它更素雅，再现了我在意大利绘本里同样试图表达的东西。我想郝广才先生感受到了这一点，所以我们有了更多的合作。

16, 17
《茶》
About Tea, 2018

莫妮卡·巴伦戈
Monica Barengo

您观察到这三本中国文化绘本与您过往的意大利作品在视觉方法上有哪些有意思的不同之处吗？

我发现的不同主要是在绘本的创作方法。比如，我在意大利出版的绘本最常用的是跨页的设计，文字在整幅的插画之上。但是我的中国文化绘本《蝴蝶遇见公主》有不同的结构。在同一幅跨页里，有两个并置的单页，或者有很多漫画式的小图帮助孩子更好地理解内容。其中有一张插画要介绍瓷器的采土、练泥、拉坯、刻花和施釉。如何构图让我陷入惶恐。这本书的确需要尽可能利用空间去解释瓷器制作的过程，因为它的教育性更突出。而在意大利我做的是相反的事情，我更多的工作是删除、留白，创造更多图画与文本、读者互动的可能。

东方美学吸引您的地方是什么？它如何与您的诗意相契合呢？

东方美学很优雅。一件事可以有很多种表达，而东方美学总能找到最精致和细腻的方式。我能感受到中国文化的雅致。例如，他们对礼节的遵循给我留下了深刻的印象，这彰显了对每个个体的深切敬意。我也很喜欢使用筷子的传统，这需要极好的协调能力和力道的轻重之间的恰当平衡。尽管我来自非常不同的文化背景，但这些文化细节让我感到很亲切。我也喜欢茶道，它是一种延续至今的、与精神相通的传统，对水十分讲究。这也是一种文化，歌颂日常生活的小仪式，这或许是西方文化看来十分寻常的活动，却被赋予独特的精神内涵。中国传统绘画常见的色彩，对我的绘画也产生了深远的影响，在我的插图中，你们会发现相近的配色。其实直到与格林文化出版社合作，我才真正开始研究和理解中国文化。但是我的风格里一直有与中国传统绘画相似的小元素。这些宝贵的合作机会拓展了我对中国传统文化的认识，让我学会如何将我的叙事知识与对文化细节的研究相结合。

给予不曾被看见的事物闪光时刻

为另一个文化下成长的孩子做书有什么印象深刻的体验吗？您充满情感的诗意是否换了不同的表达方式？

我发现在表达依恋关系上的确有着一些文化差异。《茶》里有一幅场景是爸爸、妈妈和孩子在喝茶时回忆初次约会。我画的是他们充满爱意地相拥，但编辑问我是否有可能克制这种情感，因为人们很少有这样过于亲密的肢体接触。这让我对文化差异有了很多思考。拥抱对我来说是很简单和日常的举动，但可能在另一种文化里是不合适的。读者无法产生共鸣，因为他们有其他表达情感的方式。因此，绘本也让孩子有机会了解不同文化背景下的社会礼仪行为。

18, 19
《茶》
About Tea, 2018

莫妮卡·巴伦戈
Monica Barengo

您的细柔线条和复古色调为故事注入古典与怀旧之美。您的配色习惯是如何形成的呢？

以前我的插画有很多种不同的颜色，但它们没有任何真正的含义，图像的力量反而被色彩削弱了。刚开始《花粉：爱情故事》的配色就冲淡了书本想要传达的意旨，所以我决定把颜色都去掉，之后再慢慢地，有意识地添加色彩。现在我选择配色的依据主要是故事文本带给我的想象。另外，我想创造的是一种氛围，所以我并不使用超写实的颜色，在我的插画里，颜色是一种象征，就像《没有理由的一天》里反复出现的红色，它就像一根红绳把整个故事串起来。红色代表那个将主人公与爱情牵线的红球。

给予不曾被看见的事物闪光时刻

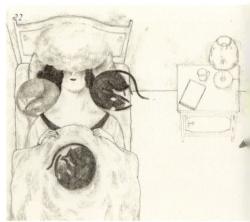

您的笔触和色调为画面制造着细腻、温暖的质感和氛围。您最初是如何摸索出使用画材的个人方法的?

我现在的技巧更适合我最终的作品——书,而不是纯粹的插画。我没有更多的时间去钻研绘画媒介。技巧当然重要,因为它影响着设计的最终成果,创造了作品的氛围。我以前就读于一所艺术高中,大部分的时间都在钻研不同的绘画技巧。我尝试过不同的媒介,比如水彩、蜡笔。但对我而言,叛逆是信手涂画,摒弃一切规则。工具反而让我的作品有些僵硬。

我坚持至今的风格都要归功于瓦伦蒂娜的建议。铅笔起初对我来说只是起稿的工具,但是瓦伦蒂娜喜欢我的铅笔笔触,希望我在最终的插画里保留它,但这在

20
《云》
Nuvola, 2016

21, 22
插画草稿
《云》
Nuvola, 2016

丙烯厚重的笔触效果下是很难实现的。我接受了她的建议,尽管我质疑这会给画面带来未完成感。后来,我发现了用 Photoshop 软件的单色填充背景的方法,这让我的插画变得更加完整。

您说过绘画技法只是一种手段,不是目的,您更追求的是对想法和情感的表达?

对我而言,故事板比材料研究更重要。找到与我想传达的意旨相一致的画材后,我会把重心放在概念和象征研究上,这带给我更多乐趣。当《云》到达我手里时,它可以有各种不同的诠释方式。我向自身探索,寻找能够表达相似感受的象征,然后就发现了它与创作瓶颈可能的联系。在这本书里,小提琴家在某天醒来,突然对乐器感到陌生。她不知道如何把手指放在提琴上去弹奏它。我使用的象征物是一朵遮住音乐家视线的云。这种关联的建立似乎很简单,但其实需要大量的研究。在创作《云》时,我设法让每个单词都符合我的想法,好像作者想讲述的就是小提琴家的危机,虽然这并不是真实的情况。这种图文互动所产生的魔法解释了为什么我很享受研究的阶段。

您曾引用保罗·克利的话来解释插画对您的意义,"艺术不是去再现看得见的东西,而是去创造可见的事物"。您希望在绘本中为您的读者打造怎样的视觉世界呢?

这并不容易回答,但是我可以谈一谈亨利·卢梭的一幅画带给我的思考。在亚马孙热带雨林里,一只老虎正在袭击一匹白马,此刻的暴力行为被一种非同寻常

的和谐方式描绘着。在这幅画里,有两股冲突的内在力量共同存在,因为老虎正在杀害白马,但是它们看着又像在共舞。这种展现血腥场面又不失精致的方法是我在实践中努力追求的。我希望能够画出涌动矛盾情感的图像。我也想尝试用一种优雅、微妙甚至是乐观的姿态去谈论那些难以触碰的话题。我相信我能够鼓励读者去审视那些既让他们担忧,又无法停止思考的事情。

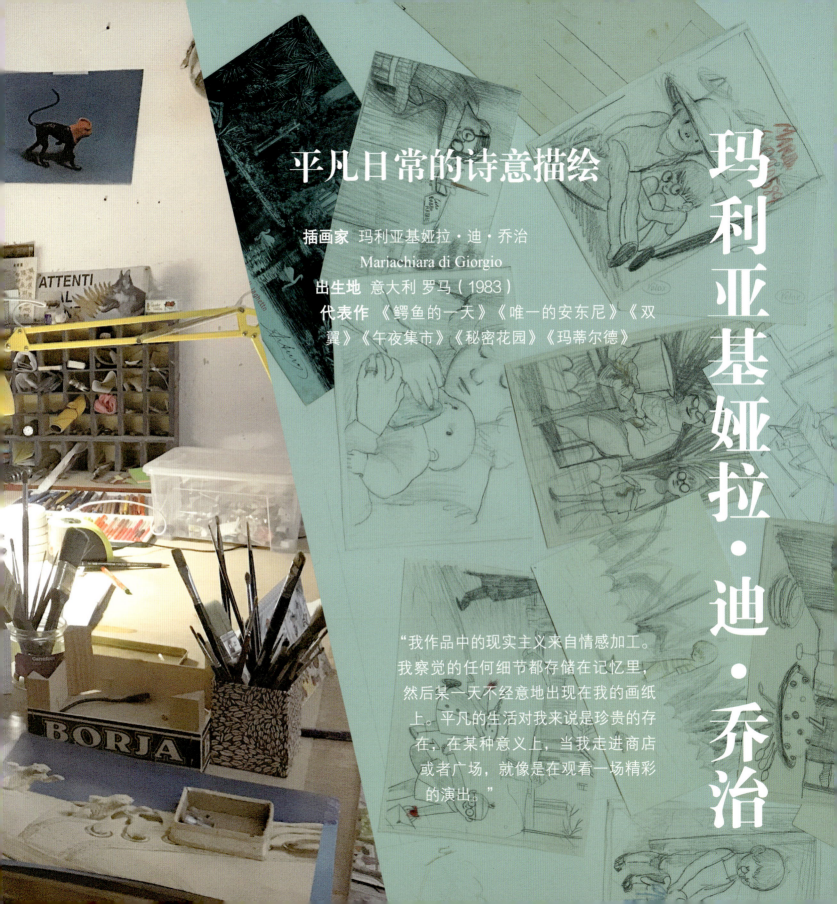

玛利亚基娅拉·迪·乔治

平凡日常的诗意描绘

插画家 玛利亚基娅拉·迪·乔治
Mariachiara di Giorgio
出生地 意大利 罗马（1983）
代表作 《鳄鱼的一天》《唯一的安东尼》《双翼》《午夜集市》《秘密花园》《玛蒂尔德》

"我作品中的现实主义来自情感加工。我察觉的任何细节都存储在记忆里，然后某一天不经意地出现在我的画纸上。平凡的生活对我来说是珍贵的存在，在某种意义上，当我走进商店或者广场，就像是在观看一场精彩的演出。"

平凡日常的诗意描绘

黎明时分，一阵闹钟声惊醒了沉浸在睡梦中的鳄鱼，他穿上拖鞋，出神地对着窗外刷牙。穿上红色格纹围巾，戴上一顶博尔萨利诺帽，这样的组合，就好比果酱吐司搭配黑咖啡，朴素又不失经典的韵味。鳄鱼一天的生活也是如此。

砰！鳄鱼出门上班了。他不紧不慢地穿行在热闹的街道，时不时在商铺门前驻足流连。即使在拥挤的地铁车厢，他也能悠闲地阅读一份报纸，上班前还不忘为心爱的姑娘挑选一束鲜花。

这不是每个上班族平凡的早晨生活吗？或许有人反对，他更习惯吃咸味的早点，或者他匆忙得连狼吞虎咽的时间都没有。但任何人都不会否认，这些小仪式开启了我们安心的一天。

玛利亚基娅拉·迪·乔治用轻盈的水彩笔触，把日常浸润在图像故事里。她的创作不是对我们身处的世界进行写实的刻画，或者超脱现实的幻想。迪·乔治的坦诚，是在平凡的日常里发现足堪玩味的细节。

肉食店里旋转的烤鸡、车轮压过水坑溅起的水花、建筑上攀爬的阳光和清风徐过鲜花摊扬起的花香，这些都是迪·乔治用画笔歌颂的平凡生活的几个瞬间。仔细观察这些城市图景会发现一切都被机敏的艺术家温柔的目光捕捉着。迪·乔治珍视平凡日常里的无聊琐事，赋予它们无可取代的重要性，以此来复制孩子对现实的好奇心。她拾起平凡日常里常常被遗忘的美，

01
角色设计图
《鳄鱼的一天》
Professione coccodrillo,
2017

让读者发现原来生活存在着如此多值得回味的细节。

当鳄鱼捧着鲜花穿过花园,卖冰淇淋的小贩握着一把气球,情侣在长椅上拥吻,母亲推着婴儿车,热情的少年挥舞着球拍,哭泣的孩子无助地望向远去的气球。这些普通人独立的生命故事在同一时空的不经意交汇,被迪·乔治快照般地定格。在她的作品里,形形色色的城市生活交织着。那些从未被注视的,隐藏在人与社群之间的美,揭示着生活美妙丰富的层次。

调皮的插画家热衷于改变读者看待事物的目光,让人无法把看似平凡的一天视为理所当然。如果没有一双童真和热切的眼睛,恐怕就得错过她在画面里藏匿的微妙的小故事。叙事主线穿插丰富的生活细节,让阅读的过程充满观察、猜谜与破解的乐趣。读者会放慢阅读的脚步,在对细节与微叙事的琢磨中,丰富对故事的想象。

这位"城市艺术家"就住在皮诺托(Pigneto),是罗马最具文化活力的地方。艺术家和年轻人欢聚于此,老人们也选择在此定居。行走在这个热闹友善的社区,你不免也会迷失在对各种生活细节的注视里。当晨曦把整座城市照亮,大家又各自奔赴或忙碌或慵懒的生活。

如果有机会倾听敏感心细的迪·乔治讲述她的一天,相信我们会更进一步理解她的图像世界。

02
《鳄鱼的一天》
Confessione coccodrillo, 2017

平凡日常的诗意描绘

在《鳄鱼的一天》里，读者跟随上班族鳄鱼度过了一个闲适又充满刺激的早晨，您平凡的一天又是什么样的呢？与您笔下的鳄鱼的生活有哪些相似之处？

虽然这本书的脚本是乔瓦娜·佐博利（Giovanna Zoboli）写的，但我和鳄鱼有很多相似的生活习惯。我也很享受每一个清晨。在罗马，每一天都以很缓慢的节奏开始。书里安享着平凡的早晨时光的鳄鱼其实就是我本人。每天我都会去同一家小酒吧吃早餐，那里有一群经常和我聊天的伙伴。我会把平时在喝咖啡或者去工作室的路上看到的难忘的细节放进画里。有趣的是，鳄鱼住的公寓其实是我的公寓；他穿梭的那条街，正是具有浓郁罗马风情的普奈勒斯蒂（Prenestina）。

我和任何一位上班族一样起早工作，有着一成不变的日常安排。虽然我的工作富有创造性，但是奇妙的故事只发生在我的画纸上。尽管如此，在绘本里重现我的生活带给我一种特别的感觉，就像是幻想叙事里的现实主义。

您还是个小女孩的时候就立志长大要成为画家是吗？您是从什么时候喜欢上画画，然后决定成为一名插画家呢？

我一直都在画画，这个答案很平凡，但事实的确如此。我从很小的时候就开始画画，也展露出一点天赋。直到高中我停止了绘画，因为我承受着很大的压力，好像我必须证明自己一直画得很出色才行。最终我失去了这份乐趣，很长一段时间我都不再画画了。

高中毕业后，我先后求学于欧洲设计学院和巴黎国立高等装饰艺术学院（École Nationale Supérieure des Arts Décoratifs de Paris）。后来经历相当漫长的时期，我才真正成为一名绘本创作者。在此之前，我从事过故事板、电影和广告概念设计的工作。

因为绘画的技能，我接过各种各样的工作，或许是缺乏安全感或虚荣心使然，我总是很小心不想让别人知道我的作家身份。直到29岁时，我才第一次有机会踏足绘本创作。在出版社工作的朋友正在编辑贾尼·罗

玛利亚基娅拉·迪·乔治
Mariachiara di Giorgio

大里的系列书籍，邀请我绘制插画。借着这次宝贵的锻炼机会，我倾泻了我所有的想法。从那以后，我在成为插画家的道路上继续前进着。

为孩子作画对您来说是最真诚的工作，因为这是您愿意奉献自我的表达方式。您认为自己是为儿童创作的插画家吗？您在创作绘本时会思考孩子的视角吗？

儿童插画家是迄今为止最适合我的身份。我的图像语言一直与我的童年紧密相连，我把自己想象成孩子，我试图恢复年幼时我看待世界和感知现实的方式。我并不认为我需要改变什么。但逐渐地，我开始关注我的读者。我感到抱歉，因为我发现我早期的作品里有一些很难理解的内容。现在我希望我的书能更易懂和清晰，在每一幅画里我都在摸索如何能与我的小读者

03
《鳄鱼的一天》
essione coccodrillo, 2017

04
《给机智小孩的故事》
Favole per bambini spiritosi, 2013

05
封面插画
安徒生杂志
Anderson Magazine, 2016

更好地交流。

画儿童书籍很难避免一种风险，即创造了迎合成人而不是孩子的事物。关于这一点，我很欣赏 Walker 出版社，因为它出版的很多绘本精美简单，更符合为孩子做书的定位，不像一些诗歌或者文学插画书那般高深难懂。

孩子是小批判家。插画家需要知晓如何与他们交流。这是一群真诚的读者，他们所特有的诚实和真挚对创作者而言是珍贵又有趣的。我希望有更多机会和孩子互动，不管是通过工作坊还是讲座，去了解他们对我的插画的看法。总之，我仍然有很多事情需要探索。

平凡日常的诗意描绘

您的创造力在童年时期得到了怎样的培养呢？小时候您就有很多机会阅读插画书籍吗？

童年滋养我的事物的确带给我很多启发。我相信翁贝托·埃科（Umberto Eco）所说的，20岁以前读过的书对想象力的塑造有关键作用。我的父母爱好阅读各类书，包括漫画。他们经常去看展，所以我从很小的时候就开始接触艺术。对于我不理解的艺术品，我常常有自认为合理的解读方式，当然或许它是天真的，甚至可能是与现实相悖的。但这对我的创造性思维有很深的影响。今天当我在创作时，我试图去重现我在童年体验到的这种自由。我不理解现实的一切，但是没有关系，我能够自己解释它。

说到我儿时最喜欢读的书，我印象颇深的是当时的儿童杂志《小朋友的插画》（*L'illustrazione dei Piccoli*），它涵盖了从科学、漫画到经典作品的所有话题，莫里斯·桑达克的小熊系列和其他伟大的经典之作也收纳其中。这就像是一种文化上的"频道切换"。这本杂志给予我非常多的奇思妙想。小时候我还看过很多并不适合我年纪的电影。所有这些与艺术的广泛接触，都推动了我的创造力和审美敏感性的发展。

您最欣赏的艺术家都有谁？他们如何影响您的绘本创作观？

我最敬仰的绘本大师包括汤米·温格尔、雷蒙德·布里格斯（Raymond Briggs）和莫里斯·桑达克。在插画领域，我很欣赏弗朗克·马蒂基奥（Franco

07

06

06
《七和一：七个孩子和八个故事》
Sette e uno: Sette bambini, otto storie, 2017

07
《唯一的安东尼》
Uno come Antonio, 2018

玛利亚基娅拉·迪·乔治
Mariachiara di Giorgio

Matticchio）创作的发生在室内的故事，涌动着各种情感，却又有一种独特的静滞感。不用文字，马蒂基奥就能描绘出无聊的居家午后时光。

谈到大艺术，年轻时我很喜欢维也纳分离派的艺术家，我欣赏他们关于美的概念和优雅的造型，但这又是我需要舍弃的，因为在绘本创作中，一个过于华丽或者技法卓越的风格都可能成为问题。我并没有鲜明的风格，我一直在寻找一种风格支持故事，而非彰显我的个性。真正画画时我并不在意风格，因为它让人分心，而且某些时候还会让作品变得太过拘谨。

08
《给机智小孩的故事》
Favole per bambini spiritosi, 2013

平凡日常的诗意描绘

藏奇怪的细节时,读者探索的过程就变得更加有趣。

我不喜欢童书太过幻想、甜美或者说教。雷蒙德·布里格斯的《雪人》对我创造《鳄鱼的一天》的世界有很多的启发。我也很喜欢汤米·温格尔的《不要给妈妈吻》。这些绘本大师都热衷于描绘现实,他们甚至让我看到主人公上厕所或者发脾气的场景。他们很真实,我喜欢这一点,因为作为读者,我感到自己被认真对待着。

超现实主义的确在《鳄鱼的一天》里有很突出的表现。为什么喜欢现实情境里发生的怪诞故事?这类作品吸引您的地方是什么?

这本书里的现实本身就具有讽刺意味。故事之所以可行,是因为我把鳄鱼置于现实的环境里,读者很少察觉到这一点。插画中的微动作和细节在打造悬念感,延伸阅读。所以当我在寻常的环境里,比如地铁,隐

09
玛利亚基娅拉·迪·乔治的插画作品

10
《做梦的维多利亚》
Victoria sogna, 2017

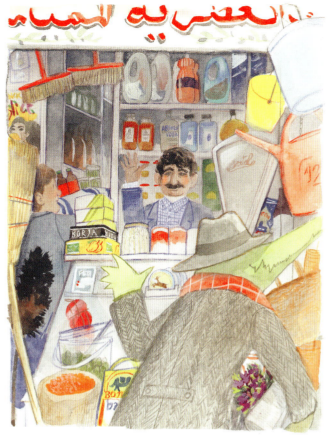

11
《鳄鱼的一天》
essione coccodrillo, 2017

您平时就特别喜欢观察和记录周围有趣的人和生活吗？城市的记忆是如何影响您的创作的呢？

我的作品中的现实主义来自情感加工。我在城市长大，从小我就很爱逛商铺，观察大人们惯常的一日活动。在街上行走时，我很喜欢注视周围的一切。我察觉的任何细节都存储在记忆里，然后某一天不经意地出现在我的画纸上。

我一直保留着这个习惯，或许是我的本性使然。平凡的生活对我来说是珍贵的存在，在某种意义上，当我走进商店或者广场，就像是在观看一场精彩的演出。

另外，我们所走过的每一条路都定义着我们即将看到的风景，以及我们的想象力会受到何种滋养。我认为每个人走的路都很有代表性。人们所选的穿越城市或上班的路径，都反映着他们自身的特点。

在街上闲逛，我能够观察到生活的同步性。在一对情侣分手的同时，窗台正有一只狗在撒尿，街上还有一位绅士丢失了帽子。在我看来，同步性是人生的意义。一位怀孕的母亲正在做着日常的琐事，但其实美妙的事情正在悄然发生着，那便是新生命的孕育。平凡的小日子和重要事件的交织为我们的生活赋予了意义。

《双翼》里的主人公的原型就是您在市集上看到的一位老人吗?真实的人物与您笔下的角色是如何融合的呢?

现实帮助我找到了《双翼》的主人公古列尔莫。我的公寓楼下有一个集市,一些老先生会去帮助摊主来增补他们的退休金。我注意到一位可爱的老爷爷,他的动作很慢,但总是面带微笑,而且很细心。他就是我要寻找的古列尔莫,角色的雏形就这么诞生了。

但是,要把握角色需要的真实感与超现实感并不容易。我要花很长的时间思考如何实现表现力,避免怪诞和卡通化。视觉研究帮助我找到了角色化的方法。在我画古列尔莫时,我受到安德烈·弗朗索瓦和约翰·史坦贝克(John Steinbeck)的启发,他们的绘画就像写作般自由流畅。我反复地画古列尔莫,练习更快速的笔法,从而达到一种灵巧而准确的风格。

角色设计是绘本创作中最耗时的环节,它取决于故事本身。我的另一本书《午夜集市》讲述了森林动物夜间入侵游乐园的冒险故事。我并不需要将角色拟人化或风格化,因为在生理结构上,它们就是不可思议的动物。直接描绘动物最本真的模样反而更容易些。

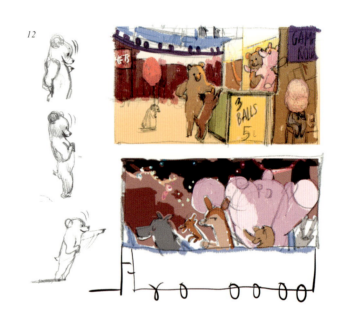

您说过绘画过程中最复杂的在于保持最开始草图的轻盈感。在《双翼》里为了追求这种轻盈感,您做过哪些努力呢?

创作这本书时,我没有用墨水再勾勒线稿,而是直接用水彩上色。以前我习惯于用水粉画画,但现在我觉得厚涂的笔触感让我的画失去了效果。水彩能够帮助我创造透明度,有更多空间用光影讲故事。轻盈的线条画比浓墨重彩的效果更好。即使是用更复杂的、需要更多图层的工具作画,我也努力在风格上追求轻盈与生动。

阅读文本时,我首要的关注点是对光影和氛围的打造,因为这是最能与读者有更多交流的部分。画面的温度会影响读者参与阅读的积极性,也是我反复调整风格的原因。我在使用水彩时一直在寻找图像最合适的光影和色调。确定光影之后,我再上色。

12
插画草稿
《午夜集市》
The Midnight Fair, 2020

13
《午夜集市》
The Midnight Fair, 2020

14
《双翼》
Due ali, 2016

15
插画草稿
《双翼》
Due ali, 2016

平凡日常的诗意描绘

《双翼》的色彩很好地营造了故事的怀旧氛围和轻盈感。在您初入绘本创作的时期，上色是轻松的环节吗？您会对书籍的配色做哪些研究呢？

我知道很多插画家对上色感到恐慌，但其实我并没有太多的担忧。在职业生涯初期，我几乎是以一种机械的方式——上网检索配色方案，完成罗大里的绘本。我做了很多视觉研究，用铅笔做色彩测试。刚开始时，我很难将颜色关联，让它们很好地融合。后来我知道了铺色和叠色的重要性，所以每次使用水彩前我都会先定一个主色。创作《鳄鱼的一天》时，我想要重现水族馆的绿光和地铁里黑暗的氛围。我研究了光线反射的理论，在画面里描绘出阴影，再慢慢添加色彩。总之，上色对我来说是十分微妙的过程。我真的很羡慕那些拥有非常和谐的固定配色的创作者。我总是缓慢地进行着一切，画很多草图，思考色彩理论，寻找复杂的规则，才能确定最终的配色。

您多次提到的"氛围"是文本最重要的、最能打动您选择这个故事来演绎的要素吗？

有时候我并不相信自己对故事的判断，因为我过于挑剔，但我很肯定的是，氛围是我选择好故事的重要标准之一。我读文本时，总是会自然地联想到其他作者，谁能够诠释这类故事，他们会创造怎样的氛围，这都鼓励着我更近一步探索。

《双翼》打动我的是它高度的社群感，这让我有更多的共鸣，我有机会重现我的社区。我很喜欢的一点是

16
《鳄鱼的一天》
Professione coccodrillo, 2

玛利亚基娅拉·迪·乔治
Mariachiara di Giorgio

主人公古列尔莫居住在城市，这让我想到了一个在罗马市中心有一套顶层公寓的朋友。每次去他家参观，我都想拥有一对翅膀，飞越屋顶，翱翔在城市的天穹。

初次阅读文本时，我意识到这个故事透着强烈的孤独感，可以有忧郁和诗意的基调。我知道如何生活在这种孤独感之中，我也知道如何用轻盈的笔触演绎这个故事。因此我接受了这个文本。儿童工作坊让我更清楚地意识到氛围在这本书里的重要性。我很吃惊地看到孩子们自发地想要与他人分享，并平静地讲述他们曾经历的悲伤。

17

18

17
《秘密花园》
The Secret Garden, 2018

18
《双翼》
Due ali, 2016

平凡日常的诗意描绘

《鳄鱼的一天》和《午夜集市》都是无字绘本,您认为没有文字的插画讲故事的魅力是什么呢?您在创作这类绘本的过程中都有哪些考虑呢?

无字绘本的一个重要特点是让人沉浸其中的可能性。在其他绘本里,印在插画上的文字清楚地提醒着读者此刻他在阅读一本书,但是,无字绘本允许读者完全沉浸在他正在凝视的内容中。现实与想象的边界消失了,读者获得了更高的自由度和主动权。另一点是无字绘本可以被任何语言和年纪的读者阅读与解读,这是其他类型的书籍所无法相比的。

有时候"无字绘本"的类别并没有被恰当使用,很少人真的了解创作它的方法。有一些作品你甚至不了解为什么是无字的,它们更像是一种风格练习而已。无字绘本有很多杰出的作品,比如陈志勇的《抵岸》。这本书没有文字是合理的,因为主角是移民,在故事里他遇到很多交流的障碍。

但有些无字绘本只是在迫使读者花费好长时间去理解故事。因此,创作者需要充分理解叙事要素,以免作品变成一个艰深难懂的故事。如果故事没有文字,它就需要更多的图像去解释一个行为,但这不能影响故事的整体节奏,所以扎实的叙事结构对于无字绘本的创作至关重要。

在文字之外,您的插画承担着哪些叙事功能?据说《鳄鱼的一天》开头的梦境和祖孙在动物园的出现是您自己添加的叙事线是吗?

插画家可以通过元素的删减为叙事增加角色,正如我在《鳄鱼的一天》里所做的。我增加了一个祖孙俩的平行故事,去描绘同样一群人在不同的情境下做出的不同反应。佐博利为《鳄鱼的一天》写了非常具体的

脚本。一开始我只是在画一个属于我个人的故事。但当我重新审视这些画时，我意识到它们非常贴近佐博利的文字。《午夜集市》则有完全不同的方法，因为作者并没有描述任何动作，而更多的是在表达情感，所以我需要加倍努力，添加更多叙事思路来更清晰地讲述故事。

我们在《鳄鱼的一天》里看到主人公和假牙、烤鸡等日常事物的有趣互动。您认为这些细节在推动故事发展方面有怎样的作用？没有角色，仅有物品的画面也能讲故事吗？

这取决于故事本身。《鳄鱼的一天》的场景令人回味，因为它充满了各种各样的有趣事物。细节丰富了画面，帮助我将故事情境化。我相信细节可以保留回忆。比如，当你想起商店时，一个曲奇饼干盒的图案或许比店面的装潢更令你印象深刻。

仅有物品的空间也可以叙事，而且你可以有更多想象。例如在空无一人的房间里，有一张翻倒在地的桌子，你会自然地联想这里是否发生过争斗。许多绘画都是以关键的物品再现刚发生的事件。在绘本里，即便没有角色，一个空间其实可以讲述很多故事，物件暗示这里发生过的故事，读者能够感受到角色曾在这里停留过。

您自身的故事板和动画制作的背景让《鳄鱼的一天》呈现出电影般的质感，有特殊的节奏、剪辑和光影效果。您认为您在其他艺术领域的能力是如何影响绘本创作的呢？

故事板的创作经验对我画绘本有很大的帮助。我不仅掌握了镜头的语言体系，还学习了如何记忆并重现图像。它时刻提醒我图像不只是存在于边框里，而是在现实之中。角色并非被困在了一个边框中，他所在的现实始终在边框之外运转着，而我定格的不过是其中的一小部分。这个想法带给我绘画的连贯感，教会我如何从一个简单的图像开始，再深入地用细节补充它。

19 《午夜集市》 The Midnight Fair, 2020
20 《玛蒂尔德》 Matilde, 2018

平凡日常的诗意描绘

《鳄鱼的一天》在边框和版面上尝试了很多变化，融入了图像小说的特征，例如漫画格。这样的设计为叙事带来了怎样的特别效果呢？

创作绘本有趣之处就在于插画家如何调控书籍的阅读，欺弄读者，与他们游戏。我会通过版面和边框的变化来调整故事氛围和节奏。故事的开篇，鳄鱼起床收拾出门，画面里没有很多细节，但鳄鱼总是在画面的中心，只做一个动作。此刻的氛围有些平常、寂静，甚至是无聊。鳄鱼走出公寓后，它不断改变位置，甚至是在同一跨页上。这不仅加快了阅读的速度，也增加了读者的困惑感。

《鳄鱼的一天》里的漫画结构让我突出两个重要元素：一是悬念感，因为整篇故事都由琐碎的小事件构成的，它的发展并不清晰；二是速度，这个故事发生在正慢慢苏醒的城市中。把故事分割、放进不同大小的画格里能让我在有限页数里有节奏地讲述它。插画小而简单，阅读的速度随之变快；若插画充满细节和微事件去吸引读者，提供刺激，阅读的步调自然就放慢了。

21
故事板
《鳄鱼的一天》
Professione coccodrillo,

22
《鳄鱼的一天》
Professione coccodrillo,

玛利亚基娅拉·迪·乔治
Mariachiara di Giorgio

您最想用无字绘本讲述什么故事?它为什么应该是无字的?

我在创作我自己写的故事《看!》,它是由石墨铅笔完成的无字绘本,有非常暗黑的色调,讲述的是两个孩子在恐怖的森林里的夜间冒险故事。他们遇到了一位美丽的女子,但奇怪的是她有一双山羊的脚。随着故事的发展,孩子们慢慢习惯了他们所在的地方,即使是在漆黑的夜里也不再害怕。我很喜欢这个对黑夜的发现之旅,充满恐惧和刺激。自由的感觉赋予人勇气面对可怕的新事物。

为什么这本书应该是无字的呢?因为一切都关于凝视,关于眼睛对黑暗的适应。每个人都会遇到他所不知道的黑暗,然后对此产生想象,直到视野慢慢清晰淡化了内心的恐惧。这本书非常视觉化,以至于文字都显得多余。

23
《看!》
Mira!

亚历山德罗·桑纳

风景如何讲述人生

插画家 亚历山德罗·桑纳
Alessandro Sanna
出生地 意大利 曼图亚（1975）
代表作 《长河》《白鲸记》《匹诺曹的起源故事》《如同此石：一切战争之书》《你见过蒙德里安吗？》《成长》

"我的书让我探讨无法给出确切答案的永恒主题。它们是更广大的哲学思辨的一部分，是对无法在一本书里完全阐释的宏大概念的集中反思。这些话题很难表达，因为它们是远超过我们人类的存在。"

风景如何讲述人生

01
《如同此石：一切战争之书》
Come questa pietra. Il libro di tutte le guerre, 2019

当想到大师亚历山德罗·桑纳，眼前最先浮现的是缓缓流动的波河（Po River）和静谧的河畔风光。轻纱似的雾霭笼罩着河面，隐约中可以看见成群的公牛踏着晨光，穿过白杨树林，消失在远方的地平线。这些氤氲的景致培养了桑纳的内在视野。他远远地眺望波河，让自然的光影与色彩浸湿目光，用记忆和想象构筑这片土地上失落的奇景与生命故事。

波河上流转的四季风情，向桑纳演绎无言的诗意与生命的循环不息。他画下的每一道风景都让读者注目人类生命与自然之间的内在统一性。在桑纳的图像故事里，风景才是真正的主角，他描绘的风雷、云霞、草木、鸟禽，都在唤起我们内心情感的共鸣，去自然中寻找人生的答案。

创作中的桑纳仿若图像诗人，他召唤水滴在纸上书写故事。不遵循具体的规则和严格的秩序，桑纳在纸上即兴铺色、渲染、勾勒。从滴墨的那一刻起，水彩在画纸上恣意流动、聚散、碰撞、融合，自行创造图像故事的节奏与造型。桑纳的笔尖追逐着水滴，寻找跃动的能量，他欣然接受色彩、光影与记忆交织而生的

亚历山德罗·桑纳
Alessandro Sanna

生、前进与轮回。

桑纳的每个故事都是他对存在主义危机的思考。在《白鲸记》里，源自陆地与海洋的两股力量激烈对峙，追问着人与自然最深层的冲突。《匹诺曹的起源故事》从一截树枝的一次次劫难与重生，探讨人的前世来生。这些永恒的哲学难题，是贯穿桑纳作品的叙事线索。他写下以神秘、开放和耐人寻味的结尾落幕的故事，没有明确的答案，读者从中获得的是对个人观点的暗示和鼓励。

桑纳常常自谦是失败的即兴画家，但读者在凝视他开放的图像中感受到流畅的思维与自由的力量。他是追求至简之道的艺术家，用最简单的色彩与光影描绘人与自然本质的联结。

这次对话我们将倾听大师讲述那些世间存在已久的风景是如何孕生故事的。

未知性。那些难以驯服的墨滴和色彩，诉说着自然与生命不屈的本性。

在狂放的想象与优雅的运笔下，桑纳讲述的是所有人的故事，关于生存与转变。他对宏大的哲学命题的思考都转化为绘画的冥想。桑纳透过自然、人类与文明的冲突，以及时间的永恒性，去探讨生命的脆弱和韧性。不论是静静流淌的波河，还是从远古投掷未来的战火之石，都在时空的交替里映照着生命与历史的创

02, 03
《长河》
Fiume Lento, 2013

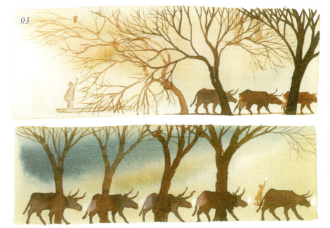

121

风景如何讲述人生

您在曼图亚（Mantua）的工作室开放给年轻插画家和艺术专业学生策展。这个文化项目的创立初衷是什么呢？

我希望这间工作室能欢迎各类艺术家的到来，从成熟的大师到新锐的艺术家。年轻人有机会向有更多经验的前辈讨教，他们也会带来一些新颖的想法和前沿的动向。这里会是一个新旧碰撞的地方。这个项目已经开展了多年，至今还在建设中。我们有过一些尝试，但我希望实现更多。我想开展一些研讨会，不只是讨论绘画，还涵盖更广泛的主题，从创意过程、插画、艺术到历史。

我坚信分享艺术作品可以成为创作的一部分。当大家聚在一起讨论时，我们能更好地理解作品。如果一位作者愿意分享他的艺术道路，他能理解他独自时无法想通的事情。我相信分享能够激发深刻的思考，产生新的艺术创作灵感。所以，我不想把自己困在个人研究里，而是与朋友和比我更懂的人交流，让研究的过程变得更有趣。

《长河》记录了波河的四季生活图景。从这本书开始，自然成为您故事里的主角是吗？为什么会构想这样的故事？您与自然有怎样的联系呢？

我成长于曼图亚附近的小镇，波河畔的奥斯蒂利亚（Ostiglia sul Po）。住在这里的人们都熟悉彼此，了解这片土地上发生过的故事。许多历史上的大家族也曾居住于此，推动了这座城镇的历史和文化的建设。但曼图亚不只是城镇，它也囊括了周边地区。如果你往小镇外走几步，就会发现自己身处在运河与河流环绕的村庄，此外，你还能看到明乔河（Mincio）形成的湖泊。这些风景自孩提时期就充盈了我的想象世界。

在波河河畔，你可以骑自行车，或者步行好几千米。河流流经很多村庄，如果人们要去其他地方，常常要在河上航行好几回。因此，我总是看到波河流动的景象。很多人曾在波河乘船、泛舟，但我没有，我更像一个观察者。或许也是因为从小我就不被允许靠近波河。它其实是一条非常危险的河流，很多人在那溺水。所以，从很小的时候起，我就在远处观望波河。

后来我离开了家乡，关于波河的记忆也被我带进了身

04, 05
《长河》
Fiume Lento, 2013

体里。它的沉静、汹涌、平缓我都不曾忘记。在我移居维罗纳（Verona）的几年里，我忧愁地思念着波河和那些静谧的风景。之后我又搬回了流域附近的村庄，这里是我最开始速写波河初印象的地方，也就是《长河》初稿的诞生地。我把这些画称为"印象"，是因为这些画面完全源于我的记忆。我没有再去回顾那些地方和村庄，但我依稀记得它们的模样。我跟着内心的感觉创作，用色彩去还原那些场景。

后来，我逐渐有了创作连续性叙事的想法。《长河》的故事在我的脑海里打转。我有一种迫切感去讲述它的故事和风光。我用马拉松形容这本书的创作过程。我缓慢、摇摆不定地进行着，一方面是因为这是个人项目，没有稿酬，另外，画绘本与我所熟悉的纯艺术或插画创作也有所不同。

您曾说您的视觉研究都存储在记忆里，但您觉得这份个人情感和回忆能让读者产生共鸣吗？

我依靠记忆创作，这份记忆不仅来自于我，也源于久远的传说，它们永存于我的想象世界。《长河》出版后，一位年长的读者问我何以如此深沉地描绘波河，这目光仿佛出自在波河河畔度过一生的老人。还有一位读者认为我曾在二十世纪三十年代见过波河。我很高兴，因为我没有做过图像研究，而是完全依靠对记忆的整理和想象的加工，让这些图像足够本质以被读者感知和理解。因此，即便没有描绘任何具体的年代，我也能凭借一片风景讲述一个跨越年龄界限的故事。有老年读者从《长河》里感受到他儿时见过的景色，

这似乎也说明了我成功创造了普适的内容。这种普适性是我努力追求，又感到难以实现的目标。

我从未尝试逼真地刻画波河的风景，虽然这在风景绘画里很常见。相反的是，我让自己被水痕以及起伏的地平线带着走。河流经常改变图像的三分法则，在最开始的时候，三分之一是河水，三分之二是天空，当河流的水位上涨至图像上方时，比例就会颠倒。另一种情况是天空和陆地交换位置。通过这种方式，我成功地用深入人心的风景创造情感、忧愁与记忆。

风景如何讲述人生

20 岁时我开始办画展，当时我以为这就是我的未来。我通过与画廊合作出售艺术作品，但我没有深切的满足感，因为我觉得现代艺术总让人觉得"高不可攀"，我希望我的作品能够传播得更远。我与插画领域的结缘，可以追溯到1995年的博洛尼亚童书展。自那之后，我一边画画，一边研究学习这门艺术，直到某一天我决定只为印刷纸上的视觉叙事创作。我的服务对象从画廊的特定受众转向了书店的广大读者。

您何时向图像世界迈出了第一步？您又是何时开始绘本创作的呢？

11 岁时，我就怀着成为画家的梦想开始绘画，我刻苦地临摹大师作品去钻研笔触和色彩。感谢一所推崇"动手和试验"的艺术学校，让我习得了很多绘画技巧。我很幸运地遇到了一位很棒的老师，她分享给我很多阅读、音乐和电影方面的建议。我的训练自此开始，伴随着对艺术领域的无限热情。

06-08
《长河》
Fiume Lento, 2013

从纯艺画家到插画家，从画廊转向书店，绘本有何魅力让您选择以书籍插画的形式与读者交流呢？

不止一次有年长读者问我为何做出这一决定，我说因为我想做书，我想让我的画服务于故事，而且能够抵达那些永远不会参观艺术展的读者手里。书是强大的工具。我一直是博物馆和美术馆的常客，小时候参观展览或博物馆，我总有一种仓促感，我迫不及待想去书店，因为我可以在那领取展览手册，了解更多在展览中错过的内容。书其实是最亲民的文化工具，只需要很少的钱，每个人都有机会享受它。书店就像磁场般吸引我，尤其是独立书店更有价值，你可以看到一个优秀的书商背后的思考论证。书店是每个人都能变得富足的平等之地。

我喜欢纸张、书籍的制作过程和背后的所有编辑工作。选择创作绘本而不是绘画的另一个原因是，我从来都不是一个人，我被一个看不见的团队所包围。这一切都开始于编辑，一个看不见，但一直在背后提供建议和方向的人。我与不同的人持续对话，最终实现了我们的共同目标——书。从外部看，这个过程是一个完全疯狂的经济行为，因为付出往往高于报酬，但是最终获得的回报太过珍贵，因此我不曾想过要停下马拉松式的创作。

《长河》可以看作是您创作的分水岭吗？

《长河》让我意识到，我既可以成为风景画家，也能成为叙事者，而不用担心所谓的"定义"。艺术领域总是要求艺术家定义自己的身份，但跨界创作者就很难对号入座。画家常常要在视觉艺术家、漫画家、叙事者、平面艺术家和设计师之中做出选择。《长河》允许我把这些头衔都杂糅在一起，模糊它们的边界，用跨界与融合定义我的艺术身份。

为什么会选择无字绘本？您认为它能给读者带来哪些多元的阅读方式？

因为我信任图像，它不需要文字解释即可存在并讲述故事。上中学时，我曾花了好几个小时观赏迭戈·委拉斯开兹（Diego Velázquez）的画作《休息的玛尔斯》。一个半裸男子，有着两撇大胡子和迷人的肤色，光影的游戏塑造着他优雅的体态。因此，图像本身具有力量，文字很多时候都变得多余。无字图像让我能够讲述难以通过文字表达的事情，因为文字可能会很琐碎、无趣。无字绘本让观者的大脑处在运动之中。讲故事的过程属于读者自己，基于他们对生活的感悟。

虽然我是创作者，但对于很多问题我无法解答。我不是能够给出最有力和真诚答案的人。我相信作者的视角是一类观点、一种媒介，而读者才是真正的炼金师，把原材料改造成自己想要的事物。

09-11
《白鲸记》
Moby Dick, 2013

您的《白鲸记》从左右的阅读方向分别讲述了人类和白鲸的故事，从中间打开的大拉页，双方的对峙更是把冲突推向高潮，留下开放的结局。您是如何构思通过书的结构去讲述这个故事的呢？

从这部经典中，我发现了两个平行故事，关于神秘的白鲸莫比·迪克和一个试图征服自然的男人。我决定对比两个故事，谈一谈我的感受，而不是再关注原本的剧情。因此，我没有根据原著绘制插画，而是专注于自然与文明，加入我对这部经典杰作的个人观点。

我试图打造两股其实很相似的冲突力量——自然与文明。它们看似相去甚远，实则十分相近，因为动物和人类都经历了自然演化过程。这两股力量之所以对立是因为一个未被驯服，而另一个代表对驯服的渴望。我无法解释这个巨大的差异所引发的生存主义的问题，所以我试图通过故事来寻找答案。

我对这两股势力的孕育进行了调查。白鲸在深海出生和成长，绘本从右向左展现它具有毁灭性的愤怒的诞生。而人类来自陆地，绘本从左向右讲述他们建造捕鲸船的过程。两个故事不断发展直至在书本中央相遇，读者看到的是一个未被解决的、正在孕育的冲突。这本书没有结局，只有两股巨大的力量相互对视，然后戛然而止。读者可以自行想象之后的故事，或者阅读原著。

风景如何讲述人生

《白鲸记》追溯到莫比·迪克的幼年，《匹诺曹的起源故事》把叙事的起点拉回到当匹诺曹还是一块木头的时期。为什么您喜欢讲述前传故事呢？

或许循环实现了我的部分愿望，即描绘没有真正的开头和结尾，永恒在进行的故事。某些叙事规则在我的绘本里总是受到质疑。我的很多故事更像前传，它们最终引向了其他的故事。例如，《白鲸记》的结尾其实是一个新的故事的开始。鲸鱼和船员相遇，冲突一触即发。在此之前的两个故事可以看作是背景，或者起源，不能算是开始。它们是两个遥远的假设、导火索，燃烧触发了故事，而非叙事的真正起点，因为冲突直到最后一刻才刚发生。

《成长》也没有结局，因为它的结尾就是一个全新的开始。这本书描绘了一个等待新生命降临的过程——怀孕。真正的故事发生在婴儿出生以后，不过我不打算讲述它。《成长》似乎记录的是怀孕的过程，但其实它在讲述生命的循环。我所描绘的是这个永续的生存转变过程的一部分。

我一直对故事的开端和结局很感兴趣。对我影响深远的某些电影也并没有真正的结局，它们只是对新的开始的假设。同样地，我也很喜欢格言和诗歌类的书籍，我可以随时打开书本，与开篇和可能的结局保持联系。

12, 13
《成长》
Crescendo, 2016

亚历山德罗·桑纳
Alessandro Sanna

14
《长河》
Fiume Lento, 2013

《成长》描绘了母亲孕育新生命的过程，您将人类的生命周期与四季的变化相联系，自然在您的图像叙事里的美学价值是什么呢？

我喜欢画风景，因为它们是永恒变化的修辞元素。自然和它的光影、形状与比例都是我无法不与之共情的。我想在我的画纸上看到树木、流云、海洋、远方的地平线和动物。

画一片天空，我能感受到它的广阔。画一只动物，我能与之共情，甚至感受到它的力量。当我用自然创作时，我也变成了它们，我感觉自己变成了画的一部分。我不只是在创作故事，我也在创造自己。每次画画，我都把自己放入画中的世界。

风景如何讲述人生

您对水这一介质有怎样特殊的感情呢？您是否有意通过水本身的流动与不可控性来暗喻自然与人生的变化？

水是从小陪伴我成长的元素，它也是一种流畅性思维。我喜欢以水为媒介的工具，还有难以控制、时常制造惊喜的工具。我试图把画面定格，但我的目标是让读者感受到它正在变化。因此，我选择以水为媒介画画。

水定义了我的绘画工具水彩的每个笔触。水滴在纸上流动、变换，化为天空、海洋、云层，甚至是人。这些由颜色和水组成的不稳定的水滴不断改变，直至被纸张吸收，定义出它们最终的轮廓。

虽然其他绘画工具容易控制，但我不信任它们，因为我好像已经知道了方向。然而在水彩面前，我像是一个傻瓜在工作，不理解背后的原因，总是需要从头学习。水冷酷无情，难以捉摸，永远不回应我的指令。我不得不依赖无法预测的空气湿度、光线、我和狗狗的心情去创作，而这些变量每次都被不为人知的神秘意志影响着。

我知道我何时实现了一幅好的图像，就是当我看到转变可能性的时刻。如果这幅画太过沉静，我可以删掉它。也许从审美上，它是美丽的，但对我的故事不起作用。我喜欢创造既稳固又有事物变化其中的图像。《成长》存在着一个视觉游戏——母亲的身体剪影随着季节流转逐渐变化。读者可以同时看到母亲的孕肚和自然的变化。母亲和她的肚子成为一切事物的一部分，而其他事物也在悄然成长和变化着。

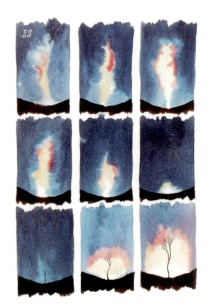  

15-17
《匹诺曹的起源故事》
Pinocchio: the Origin Story, 2015

从生命的诞生与淬炼，到死亡与重生，您的很多作品都反映了生命的韧性与脆弱。为什么会在这个话题上有如此多深刻的思考呢？

我一直在试图重现生命的韧性与脆弱。刚开始画《匹诺曹的起源故事》时，我并没有想到《木偶奇遇记》，我永远不敢轻易触碰这样的经典作品。我想分享的是我在都灵医院与孩子们相遇的经历。我拜访了在心脏外科和肿瘤病房住院的孩子，他们都在等待移植手术。我感受到这些孩子是如此脆弱，仿佛是玻璃制成的，他们启发了我演绎《木偶奇遇记》的视角。我想把这本书献给加布里埃尔，我有机会看望过他几次，但不幸的是最终他去世了。我想象这些生病的孩子是在世上短暂停留的生物，来自不为人知的地方。他们必须赶紧离开，回到自己的世界。这让我思考起人的前世与来生。但如此大的议题，要在一本书里讨论几乎是不可能的。

一开始，我画了一个小女孩转世的故事，但我找不到合适的口吻，不是太煽情，就是太戏剧性。直到某一天，我在乡下看到一棵树上新长出的枝丫。我重新设计了那棵树和树枝，构想它们诞生之前和之后的故事。最后，我发现我笔下的某一节树枝与匹诺曹诞生前的那块木头十分相似，或许这就是匹诺曹，他的灵魂。

因此，《木偶奇遇记》成为我讨论这个宏大命题的契机。在反复阅读原著后，我意识到这也是一本关于生命轮回的书。每个人都知道，匹诺曹从一块有魔力的木头变成了木偶，后来又变成了孩子。但是在木头之前发生了什么故事呢？论证这个问题就意味着追问生命的意义与前世来生的概念。

我的书让我探讨无法给出确切答案的永恒主题。它们是更广大的哲学思辨的一部分，是对无法在一本书里完全阐释的宏大概念的集中反思。这些话题很难表达，因为它们是远超过我们人类的存在。

在人与人、人与自然的对抗之外似乎还存在一个能操纵一切的人或者神,设计这个全知者角色是为了暗示人类的渺小与脆弱吗?

我常常对关于我作品的各种解读感到惊喜,因为我从未这样思考过。我无法解释我的故事里弥漫的末日审判的气息。但在《如同此石:一切战争之书》的确存在着一个全知者的角色,书中有两只手操控着故事中发生的事件和冲突。在创作前,我没有想过要画这双手。但它们以某种傲慢的姿态出现,让我无法不保留,让这些手参与进来。整本书变成了一本伪造的日记本,它记录着对古往今来的战争的想象。这位写作者试图在没有经历的情况下讲述世界上的战争和冲突。这也是我的立场,因为我从未参与过战争。不过,我对冲突的本质有深刻的认识。

我本可以采取更具说教的方式,例如做一些学术研究去创作一本历史书,但我选择跟随我对冲突、战争的情感和认识。我描绘了很多风景,我们所在的世界,还有争斗的小人。我设想这本书是某位空想者的日记本,后来这个人决定出手,去把玩在地球表面移动的角色。有的人会说他是德意志人,控制、破坏和再生了一切。但其实我只是很简单地加入了一双看似来自外界的手。我不旨在表达战争在被外界的人所策划或领导。制造战争的永远是人。这些都是我留给观者的思考。

18, 19
《如同此石:一切战争之
Come questa pietra. Il libro
tutte le guerre, 2019

亚历山德罗·桑纳
Alessandro Sanna

您用一颗石头串起和演绎了整部人类战争史。在故事的结尾，石头变成我们伤痕累累的地球。为什么会想到用石头作为这本书里重要的象征呢？

我在画画的时候很自由，但在处理叙事结构的阶段，我会广泛干预，包括移动、替换、删除和重画。在《长河》之后，我已经准备好投入第二场马拉松。这一切是如何进行的呢？我没有画故事板，甚至没有用铅笔起稿，而是一张接着一张自然地画下去。有时我会把一幅图重画3~4遍，因为最好的想法总是在我陷入思考困境的时候出现。有时我只是在解决一些实际的问题，比如在纸上试图寻求某种特定的光线或者修辞。

早在创作这本书之前，石头就在我的脑海里停留了很久。当我在构思这本关于战争的书时，我想到可以将这个主题与人类及石头在地球上的演变史相结合。石头是贯穿整本书的共同主线，它来自地球的最深处，也是人类最初建造原始房屋的材料。当你凝视一堆石头时，你很容易联想到战争中堆聚的尸体。逝去生命的积累最终形成了一块由尸体、武器和历史组成的石头。

风景如何讲述人生

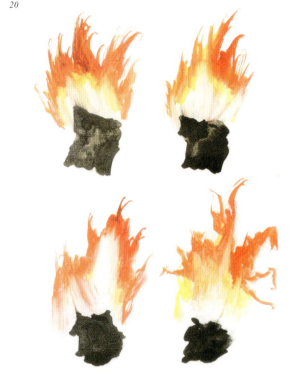

《如同此石：一切战争之书》没有延续您以往水彩作品的轻盈质感。您运用了更多元的绘画材料，穿插写实的图画。为什么会有这样的技艺转变呢？

我会根据内容决定工具和技法。《如同此石：一切战争之书》的创作手法非常独特，而且深受故事的启发。在《长河》后，我想摆脱水彩技法。我告诉自己受够了画纸上的水滴，我想要新的尝试。我使用了一种有涂料的打印纸，水彩颜料不会被它吸收而是留在了表面。因此，即使水彩干了，我也可以通过加水来移动它，甚至还能用美工刀刮擦水彩的表层来创造清晰的留白。水彩在这种纸上更厚重，如同水粉一般，这也让我有机会刻画细节。为了创造留白，我用了一把必须用石头打磨的美工刀，所以这个动作变成了这本书的核心。我用一把真正的武器在绘制图像，这在故事里是看不到的，但对于我的创作过程很重要。

20, 21
《如同此石：一切战争
Come questa pietra. Il lib
tutte le guerre, 2019

亚历山德罗·桑纳
Alessandro Sanna

您希望您的故事在读者的想象里留下些什么呢?

我可以谈一谈我的作品留给我的东西。这听起来有些奇怪,但的确如此,一旦我的书出版后,我就变成了读者,一位严格的读者,一位不断收获惊喜的读者。我看到我付诸的所有努力,也开始理解一些最初无法认同的编辑的做法。另外,我很高兴我的故事可以作为工具,被文化工作者运用在各个领域,从插画到展览。最近,《匹诺曹的起源故事》受邀到首尔参展。虽然它不是真正的经典名作,但在韩国受到很多读者的喜爱。我也经常收到读者的邮件,与我分享我的作品带给他们的触动。我印象深刻的是,《长河》在美国发行后,在水源稀缺的地区有着更高的销量。得克萨斯州的读者写信告诉我,他们从未见过波河,生活的地方也远离海洋和河流,但他们与故事产生了共情。这就像是实现了读者的一个心愿,我很开心。

弗兰切斯卡·桑纳

讲述属于每个人的图像故事

插画家 弗兰切斯卡·桑纳 Francesca Sanna

出生地 意大利 卡利亚里（1991）

代表作 《旅程》《我和怕怕》《大山先生，快让开！》《我的地球朋友》《不会下雨的洞》《珀金的完美紫色：男孩如何用化学创造颜色》

"要让读者对似乎离他们的生活很遥远的经历产生共情是很难的。但我希望这本书能填补我们与'他们'之间的距离，鼓励读者思考'我在相同的情境下该做什么'"

讲述属于每个人的图像故事

01

每年数以万计的难民登陆欧洲，新闻媒体轮番报道这场危机将带给欧洲的影响。可是，为什么这些人要背井离乡？家园不再安全意味着什么？

在这些热烈的讨论中，弗兰切斯卡·桑纳发现亲历者的声音被淹没。人们津津乐道地谈论着难民，却少有人真正了解过难民的遭遇，他们奔赴险途的无奈与克服万难的意志。

这群无家可归的人以穷困窘迫的形象出现在主流媒体，关于难民的绘本也无意描绘了被动等待拯救和接纳的角色。但桑纳相信图像叙事是改变消极刻板印象的工具，她想通过《旅程》扭转对难民粗浅的标签式描绘，展现他们无比的勇气与毅力。

为了创作这本书，她特地拜访了收容中心，去收集舆论背后难民不为人知的个体故事。桑纳用心聆听难民讲述他们的旅途，从中寻找一种共通的模式，构建更具普遍性的故事。她不希望以特权者的姿态凌驾怜悯的视角，或者施加天真的判断，而是尊重、平等地诉说难民的经历。

在故事里，一位母亲带着两个孩子一路跨越边境，翻山越海，寻找安全的家，桑纳借此还原了数百万难民每年必经的漫长而险象环生的旅程。现实议题在她的笔下变成了具有奇幻色彩的图像故事，难民主角们在逆境中彰显着超越常人的坚韧意志。桑纳对色彩和视

01 "小精灵" Elves

弗兰切斯卡·桑纳
Francesca Sanna

02
摄影 ©Marco Tamponi
"小精灵"
Elves

觉符号的游戏，褪去哀伤与沉重的氛围，寄意故事更多希望与疗愈。

桑纳深知难民的不幸，这是过着幸福生活的孩子无法感同身受的。但她相信绘本可以成为一个移情练习，创造文化的联结。桑纳还记得在难民中心，一位梦想成为空姐的女孩的一句"我爱飞行"。这个纯真的愿望，包裹了移民故事的核心。飞行的确让旅途更容易，它表达了所有人对移动自由的渴望。桑纳在结尾画下了一群飞翔的鸟儿，它们也在迁徙，只是不必跨越任何边界。如此纯粹的象征在书中无处不在，帮助桑纳把《旅程》变成了一场对自由的追求之旅。她的研究深入角色设计、象征隐喻、叙事视角，这些叙事手法打破既定的视觉描绘的刻板印象，创造人人都能共情的图像故事。因此，桑纳的作品具备丰富的解读层次和穿越一切壁垒、达成相互理解的魅力。

多年前，桑纳告别了家乡撒丁岛，移民瑞士苏黎世，开启绘本插画家的职业生涯。她的第一本绘本《旅程》出版后即收获了十余项大奖。有机会回顾桑纳的研究历程为我们理解现实题材的演绎启发了新思路。

您会如何介绍您在苏黎世的工作室？

目前我正生活在两地之间，因为我正在搬往新的工作室。如果乘坐从市郊开往苏黎世的火车，你会看到一座旧玩具工厂，那就是我现在的工作室所在的地方。一幢七层楼高的建筑，有工业风的墙壁和地板，透过窗户可以看到市郊边界和火车铁轨。每个楼层都有很多创意空间，在这里工作的有摄影师、动画师、设计师。这个共享工作室，允许我以较低的租金，居住在苏黎世这座昂贵的城市。

我的新工作室在市中心的一个小地方。它曾是一间小商铺，只有一扇落地窗和四张拥挤的桌子，但好处是它就在公园前面，而且位于苏黎世最多元化的社区——第四区。这里也曾是苏黎世的红灯区，是二战后很多意大利人定居的地方，因此有很多餐馆开在这里，十分热闹，是苏黎世最有活力的社区之一。我和这个社区之间似乎有一种特殊的联系，因为我对意大利人移民苏黎世的历史非常感兴趣。

在这座城市，我有一种宾至如归的感觉，但护照上很清楚地显示我是意大利人，所以这造成了一种二元论，一方面我被这座城市接纳，但另一方面我又必须敲门寻求入境的许可。

03
"卡洛琳娜"
Cartolina

弗兰切斯卡·桑纳
Francesca Sanna

据说您还不会写字的时候就创作了一本小绘本是吗？那是怎样的故事呢？

我不知道你们从哪里听说的！这本书现在就在我家，最近我刚把它从卡利亚里（Cagliari）带回了苏黎世。这本小书连4cm×4cm都不到，只有三个手指的大小，被透明胶带黏合着，非常像我在Flying Eye Books出版的书脊裹布的绘本。这个故事没有文字，因为当时我还不会写字，只是在结尾写了一句"你好"。故事的主角是两只熊，但是发生了什么并不清楚。这本小书汇集了我一直很喜欢做的两件事——绘画和讲故事。小时候只要睡不着，我就会画漫画。绘本中文字和图像的结合让我克服了对任何一方的偏爱，插画的连续性也让我很痴迷。长大后，我对插画书的其他部分，例如叙事结构、图文关系，也越来越感兴趣。

您与绘本的联系开始于何处？小时候最喜欢的书有哪些？您心目中的儿童文学大师有谁呢？

使我更接近插画的是卡利亚里的"所有的故事"书店（Libreria Tutte storie），它由一群致力于推广儿童读物的店员运营。从小我就追随这家书店组织的很多文化活动，尤其是能见到作家本人的节日。我在这买了我最喜欢的一本书——达尼埃尔·佩纳克（Daniel Pennac）的《狗》。十年后，佩纳克还在这家书店为我签名，这让我很受鼓舞。可以说，我成长的环境为我走上绘本创作之路提供了很多奇妙的暗示。

我最喜欢的童书是贾尼·罗大里的《洋葱头历险记》，这是小时候爸爸读给我听的故事。如果有机会画某一本书，这个蔬菜冒险记就是我想演绎的故事。

04
弗兰切斯卡·桑纳
的插画作品

05
桑纳四岁时创作的小书

您本科毕业于建筑系，是何时开始有了成为插画家的想法，从事绘本创作的呢？

我的家人很支持我，但其实每个人，包括我自己，都很难想象有一天我真的能成为作家。年轻时我认为在意大利生活就必须要从事一份务实的工作，所以我选择学习建筑而不是绘画。虽然我喜欢建筑，但这不是我的兴趣。毕业后，我开始认真思考未来的道路。这也是一种妥协，因为我是永远都无法成为建筑师的建筑系学生。在准备申请硕士课程期间，我去了德国的一家视觉传达工作室实习，负责一个插画项目，正是从那时起，我发现了插画的乐趣。在业余时间，我参加了很多插画工作坊。我的家人也支持了我的B计划。

后来，我想要排除外部因素的干扰，追随本心做一次选择。我一直在摸索我真正感兴趣的课程，我最初想的是与插画书相关的工作，待在出版行业，或许我可以成为书商。虽然学习插画这件事很美，但要在瑞士当自由职业者很复杂，尤其是起步期，你需要奖项、推荐信等可向移民局证明的材料。但是我还是想给自己一个留在插画界的机会。虽然花了很长时间，最终我还是做到了。

06, 07
"谁生活在水下"
Who Lives Under Water

弗兰切斯卡·桑纳
Francesca Sanna

您成长的撒丁岛远离内陆，小时候您会对这个距离有深切的感受吗？这是否会让您觉得自己像住在意大利境内的"外国人"呢？

我在卡利亚里出生成长，但我不会讲撒丁语，因为我的母亲来自殖民小岛圣彼得罗岛（Isola di San Pietro），那里说的方言是一种古老的热那亚语言——塔巴克（Tabarchina）。我父亲也不会说撒丁语，他的家族主要说意大利语。所以在卡利亚里的大学念书时，我努力学习撒丁语，但它始终不属于我。因为无法理解这门语言，从心底里我更认为我是意大利人。

后来出国留学，我才开始更深刻地思考我作为撒丁岛人的身份。我曾短暂地居住在德国和瑞士，在这里我被称为意大利人，但很多时候我都没有深切的内在感受，我常常感到自己徘徊在定义之外，因为我想念大海和撒丁岛，我更觉得自己是来自地中海的人。

我对身份认同的困惑也源于我的工作并不发生在意大利，但我总被描述为来自意大利的，或者来自撒丁岛（有时是西西里岛）的弗兰切斯卡。身份认同是很复杂的话题，我们对自我的认识永远都在发展变化着。现在我觉得自己的一部分已经成为瑞士人。

《旅程》被归类为儿童绘本。您也认为自己是为儿童创作的插画家吗？

我的第一本绘本《旅程》是我的本科项目，当时我真的没有想着要为孩子创作。我对受众没有太多的思考，尽管我有需要遵循的项目评分标准。或许是因为我参考的文学作品大多是儿童绘本，不知不觉地，我被引导去创作了一个给孩子阅读的故事，但从一开始我就很清楚，故事里也有吸引成人的元素。孩子经常和成人一块读书，所以我在两个世界之间竖起了一道或厚重，或轻薄的屏障。有些桥段只有成人能领会，而有些内容孩子和成人没有任何认知的差异。绘本常常被认为是孩子阅读的书籍，但其实它是更普适和包容的视觉语言，有丰富的阅读层次。所以，可以说我也在为孩子创作。

讲述属于每个人的图像故事

为什么会想到创作一本关于移民的绘本呢？您的生活经历与这个故事有怎样的联系？

几年前，我从意大利来瑞士求学。我开始对文化认同和移民的话题产生兴趣。意大利是欧洲的边界之一，由于地理位置的特殊性，关于移民和接收难民问题的讨论要更早，但是公众舆论一直存在着反对新移民的声音。后来我移居德国和瑞士，发现相似观点也在传播。但这次对我来说有些不同，因为我自己也是一个移民，虽然是经济移民。再思考意大利的移民问题时，我融入了不同的视角和个人经历。这些最终都成为书的一部分，被纳入了一个定义模糊的、更加奇幻的世界。

为什么选择"旅程"作为书名？它似乎定义更广和模糊？

这本书的核心主题是移民。在架构故事时，我发现"旅程"非常适合表达这个主题。旅程的隐喻力量是人人都能理解的，即它不仅是一场旅行，也是内心的一次成长。

旅程可以看作从某一点到另一点的路径，伴随着中间过程的蜕变，这不就是插画书的原型吗？很多经典著作，例如莫里斯·桑达克的《野兽国》和弗兰克·鲍姆（L. Frank Baum）的《绿野仙踪》，都是关于旅程和冒险的故事。我意识到"旅程"是一种原型、隐喻，而且与移民的主题有重叠之处。当出版社要求我更换书名时，我立马想到了"旅程"。

您对《旅程》的核心概念"移民"做了哪些文献研究？有什么特别的发现吗？

我查阅了很多文献，研究在历史上我的同胞们是如何被描述和记录的，例如二十世纪二十年代意大利人向美国的移民浪潮，和二十世纪六七十年代发生在瑞士的移民热。这些资料让我认识到不只是我的国家存在移民问题，而我自身也是问题所在，尽管我属于享受优待的人群。

之后我从定义切入这个话题。因为我是经济移民，欧

08, 09
"女孩读什么"
What Do Girls Read?

弗兰切斯卡·桑纳
Francesca Sanna

洲护照让我享有很多特权，这让我思考起经济移民与难民的区别。通过区分这两种类型，我开始理解人权的运作及其本质。在所有人权中，我真正感兴趣的是拥有安全住所的权利，这项权利不应该取决于你的出身。这也是我想在《旅途》中传达的内容之一，即每个人都应享有一个安全的场所——家。

访谈是您将个人视角与真实经历相结合，增加故事信服度的方法吗？

选择访谈是因为我对被我们贴着"难民"标签的群体背后的真实故事一无所知。我们从主流媒体获得资讯，却很少有机会与他们直接交流，了解他们的故事，了解面对这一旅程对他们的意义。后来我拜访了瑞士和意大利的难民收容中心，在那里我收集了来自叙利亚、厄立特里亚等国家移民的故事。他们的经历有太多我不了解的事情，向我揭露了媒体很少报道的一面。我试着寻找我和他们的共同之处，不然要在个人层面上探讨这个棘手的话题几乎是不可能的。我将所有的经历整合，放进《旅程》，这本书最终变成了彰显这些移民的勇敢和顽强的故事。

您在收容中心听到的不同的故事是如何影响最终故事的？它们的共通和独特之处是什么呢？

因为语言的障碍，画画成为我与收容中心的人们交流的一种方式，《旅程》的雏形就来自这一幅幅草图。我访谈的移民有着不同的身份和背景，后来我意识到所有的相遇都变成了故事的一部分，以至于欧洲各地的读者都能从中找到共鸣的细节。刚开始时我只注意

到这些难民的经历的差异性，但之后我发现他们的旅程里都有不断重复出现的元素。这些不同的移民经历为这个故事贡献了关键的元素。我希望《旅程》是普适的，所以我没有聚焦到任何具体的经历，而是找出它们的共通点，用更诗意和普适的语言去表达它。

您没有描绘灰头土脸的难民形象，相反他们体面、坚韧、充满力量。《旅程》是证明视觉叙事能改变对难民的刻板印象的例子吗？在角色设计上您是如何实现平等与尊重的呢？

在我写的关于移民的论文里，我的主要观点就是视觉叙事如何转变消极的社会化形象。我研究过很多关于难民的视觉资料，比如一些保护和支持难民儿童的运动。那些孩子不仅被贴上难民的标签，而且常常呈现出消极的形象，例如哭泣、坐在地上，一些图像有意在传达这种脆弱和无助感。因此，在《旅程》的创作中，我试图避免一种天真或怜悯的视角。我希望这本书的主人公们勇敢、发挥积极作用。虽然故事里的母亲很害怕，但她一路保护着孩子，带他们克服旅途的各种障碍。

10
《我的地球朋友》
My Friend Earth, 2020

弗兰切斯卡·桑纳
Francesca Sanna

在摸索正确的视觉语言、角色和诠释方式时，我问了自己很多问题。我不想要写实的角色。英语单词character（角色）从词源上很好地解释了什么是角色设计，即用特征定义人物。但另一方面，我想跨越这个定义，让角色的特征更普适而不是更具体，这样不同的读者都能与之自然地共情。因此，我努力不让故事绝对化和造成任何的刻板印象，从而避免读者陷入旁观者的立场，对它们进行评判。我希望故事内容变得更具普适性，不为角色及事件贴上任何标签。我会特别注意避开那些带着刻板印象的社会化形象。

比如，《旅程》的人口走私犯是难民故事里经常出现的人物。他们是让无数人丧生，从绝望的人身上牟利的罪犯。我们对这类角色有一个既定的判断。但是对于难民而言，这是他们逃离国家的唯一选择，不然等待他们的只有死亡，所以冒险是他们无路可退的决定。但如何向孩子解释呢？我画了一个巨大的黑影在搬动着小小的主人公，这可以看作一种视觉隐喻，暗示他们别无选择的境地。我没有对这个怪物的判断，即它是好是坏。它只是存在着，而这一家人又需要它。

11
摄影 ©Marco Tamponi
《我的地球朋友》
My Friend Earth, 2020

讲述属于每个人的图像故事

之后，我又与来自不同背景的瑞士孩子继续这项研究。他们和我一样，都不是瑞士人，但又必须学习成为瑞士人。这些孩子被送到特别的班级，一半在校时间不仅要学习语言，还要学习瑞士的习俗和传统。我问他们对瑞士有哪些不满意的地方，没有人回答我，因为他们都在努力适应这里。于是，我开始讲述我不喜欢瑞士的地方，孩子们也逐渐打开心扉，和我一块讨论了很多最终出现在书里的主题。在自我认同的话题上，我们进行了深入的探讨，例如我们与自身文化

《我和怕怕》依然是以移民为主角的故事，这次您聚焦到了儿童的害怕情绪，您认为这是他们适应环境的主要障碍吗？

伦敦大学伯克贝克学院（Birkbeck College, University Of London）的研究员邀请我参与对学校儿童的研究，话题可自选，于是我选择了"恐惧"。移民儿童融入新环境是老师们面临的主要难题，我们从创伤修复入手，但后来发现恐惧是影响所有孩子的问题，而且大部分的孩子都愿意谈论这份感受。

我线上访谈了这群孩子们，研究他们对恐惧的想法。我的目标不是去寻找恐惧的拟人化形象，而是探索孩子们对恐惧的心理投射。后来我发现原来这种感受对孩子来说并不是内在的，大多数时候是外化的，甚至可以变成一种有形的存在。我和孩子们通常在一起谈论恐惧是什么，我制作了一个列表，上面记录着三百多种不同的恐惧。我试着按年龄排序，寻找相似的模式，再进行故事的构思。

12
弗兰切斯卡·桑纳的插画作品

13
"遥远的拥抱"
Distant Hugs

弗兰切斯卡·桑纳
Francesca Sanna

14

的联结、在异国寻找祖国文化的本能和安心感，以及这些如何帮助我们战胜对外界的恐惧，找到建立新生活的坐标。

在这个过程中，您如何与这群孩子建立尊重、平等与信任的关系呢？

14 "利卡尼亚斯" Licanias

敞开心扉是帮助我与孩子们建立关系的方法。我是一个非常害羞的人，不善言辞，但我知道给予总会收获不同的结果。所以如果我想要孩子谈论他们的恐惧，那我就需要先分享我自己的恐惧。如果我想和他们交流一些话题，我都会先提出我的观点。我总是试着先自我表达，从而建立一个安全的交流空间。孩子们向我提出问题后，我都用绘画的方式来回答，我也提议他们这么做，因为大部分的孩子在 7 岁左右，更大一些的孩子说着我不懂的语言，所以图像成了我们了解彼此的一种途径。

《旅程》是从孩子的第一视角讲述的故事，但您没有明确提示叙事者是故事中的哪个孩子，这也是您实现共情的方法吗？

我经常使用第一视角写作，尤其是在英语里，读者可以避免代入某一类身份与故事角色共情。《旅程》中说话的是孩子，但你并不清楚是故事里的男孩还是女孩。这为日文版的翻译带来困难，因为日语的第一人称需要明确性别。总的来说，特征少一些让我的创作更加自在。我有意省略角色的身份、住所、背景等细节信息，因为我希望它是属于每个人的故事，讲述每个人都应有的安身的权利，而不是写给特定读者的故事。要让读者对似乎离他们的生活很遥远的经历产生共情是很难的，但我希望这本书能填补我们与"他们"之间的距离，鼓励读者思考"我在相同的情境下该做什么"。

《旅程》的叙事者是谁，这家人来自何地，要去往何处，又经历了什么。这些未知的细节是我创造更多空间让不同读者共情、代入自身经历的方法。我总是想为读者留下空间。但这也是一把双刃剑，因为有的读者能享受故事，而有的读者则无法产生共情，他们强烈地感受到角色特征的缺失。

《旅程》和《我和怕怕》都是您自写自画的绘本。在您的创作里，是文字先行，还是图画先行呢？

我的绘本创作通常从故事文本开始。混乱的文本初稿让我对故事有一个大致的想法。之后，我的本能是挑

选一些单词，然后用图画去将它们描绘出来，但这不是我的创作目标。插画书的两种语言体系之间其实存在着隐形层级，即文本是在插画之上的。我努力不去遵循这样的层级关系，但第一本能还是追随文本。刚开始，我为《我和怕怕》写了两篇故事文本：一篇是第一人称叙事；另一篇是直接引语叙事。我不确定如何将第二篇，即女孩和"怕怕"的内心对话放入故事里。后来我的编辑指出对话如何重复着插画描绘的内容。将它删除后，插画反而变得更加重要，根本不需要任何内心独白。插画书已经具有两种语言——文字与图像，它们并不总是在讲述同一件事情。因此，如果创作者能留下一点空间，这本书反而能给读者更多自行解读的机会。

15 "小精灵" Elves

16
摄影 ©Marco Tamponi
《我的地球朋友》
My Friend Earth, 2020

《旅程》没有以主人公找到新家落幕，您是否在预示他们的旅程并未结束？开放式结局的力量是什么呢？

孩子们读到这一页都会露出惊讶的神情。有的孩子喜欢用不同的方式自行结束故事的想法，但有的孩子则讨厌无法到达目的地的旅程。在一次会议上，有人说我违背了儿童文学的重要规则之一——完满的结局。我曾考虑过让主角最终抵达新家的想法，我还画了一些草图，但后来我没有这么做。其中一个原因是难民危机仍在发生，这样的结局是无意义的。另一点是，我希望这本书能够变成引发孩子讨论难民话题的工具。我想反问他们，"你认为故事的结局应该是什么样的？"。孩子们能以各种方式编创这个故事的结局。

色彩在您的插画中承担着怎样的叙事作用？您如何赋予它在故事中的独特含义？

这取决于故事本身。通常我会在故事板上试色，然后把它全部展开，就像风琴本一样。在确定最终的造型前，我就会加入颜色，检验故事是否行得通。《旅程》的创作就是如此。它是一本节奏轻快的书，包含对色彩的游戏，需要逐页添加颜色。因此，我必须有清晰的配色方案，并了解它的变化过程。

对色彩隐喻的使用一直是一场自我斗争，我不想轻松地完成这项工作。在开始做书前，我都会思考如何制定规则让自己规避捷径。我认为，探索故事文本比纠

讲述属于每个人的图像故事

结明喻还是隐喻更重要。黑色在《旅程》里是很重要的颜色,但它并不完全是消极的。除了战争和夜晚,故事里还有其他黑色的元素,比如母亲浓密的黑发,它象征着为了保护孩子向外抵抗的超能力。这里的黑色与情境相呼应。我喜欢与色彩游戏,但我不会赋予每种颜色固定的含义,而是思考如何根据故事的情境改变它的意义。

在《我和怕怕》里,我想另辟蹊径。我选的配色是白色和与之对比的明亮柔和的色彩。我想突破害怕一定是暗色的固有看法,因为害怕不是消极抑或者积极的事物,它是无形的情感,不存在于某个地方,也无法被看见,但却对每个人都有很深的影响。另外,融入个人经历或许能帮助我更好地表达这个故事。白色其实代表着面对白纸时,我对灵感匮乏的恐惧。在这本书里,我试着融入个人的元素,将令我恐惧的灵感枯竭与人人都能体会的空虚感相结合。

《旅程》中的角色大小对比、方向和版面的变化都创造了叙事张力,突显了这场冒险的惊险与紧张的氛围。能否与我们分享您的故事板的构思过程呢?

我听过的难民故事里最恐怖的是,当你翻山越岭了几个月,越过一道道边境,最后又被人送回了起点。因此,方向在这本书里至关重要。一切都是从左往右发生的,主人公们搭乘各种交通工具向右前进,与我们阅读的方向一致,所以当不寻常的向左的运动出现时,比如战争来袭和警卫的阻拦,这种反向感就变得尤为

17

17, 18
《我的地球朋友》
My Friend Earth, 2020

强烈。这些都是我的叙事工具，它们就像是诗歌里的修辞，被我应用在插画里。

故事板是我的创作中很重要的部分。我不太擅长运镜，所以我的图像视角总是很固定和水平。此外，我还要思考很久角色的进场、阅读方向、构图及其局限性等，它们都是我需要在分镜中定义的部分。如果故事行不通，我的创作就无法继续。

我的故事板并不总是很漂亮，它们都是可怕的小草图，有很多拼贴和破损。有时在正式做书前，我会先做一本小样书看看效果。《我的地球朋友》是一本洞洞书，透过洞洞可以看到下一页的内容。所以我为这本书做的故事板是由很多张裁切不平的纸制成的，我每画一幅图，就把它想象成拼贴。之后我会转到数码绘制，加入自制的肌理和拼贴完成最终的插画。我的创作总是有些混乱，因此从一开始我就需要为自己制定一些规则，比如配色方案及其在书中的变化。

您创作的几部绘本都在关注现实问题。您认为孩子讨论这些话题的意义是什么？这是童书创作者的责任吗？

《旅程》之后，我被问及多次是否还会创作这类现实题材的绘本。很多我喜欢的书籍都在讲述死亡、分离、告别之类的话题。我会关注这些话题，不仅是机缘巧合，其实也和个人经历有关。这些书帮助我讨论我正在经历，并且想要与他人分享的事情。比如，《旅程》讲述的是在某个特定的人生阶段打动我的事情，它不停地在我脑子里打转，因此，我不得不通过创作去讨论和理解它。

马可·索玛

动物和自然是体会故事的共情线索

插画家 马可·索玛
Marco Soma
出生地 意大利 库尼奥（1983）
代表作 《睡鼠的七张床》《青蛙女王：不能弄湿她的脚》《幸福卖家》《沼泽的召唤》《无限》《做自己》

"我不是深居山林的隐士，我也喜欢人类，以及人类用智慧创造的一切，包括建筑、设计及美术。我尝试创造一个世界，自然与人类文明相互融合，互不干扰。我的动物本质上都是人。我也试着在房屋和物件的设计中融入人文元素，这样读者更能产生共情。"

动物和自然是体会故事的共情线索

摇荡在湖漪中的倒影、随风打转的橡树叶和灯下闪熠的尘埃是极易擦肩而过的渺小景致。它们存在着,兀自增添色彩,打造孤独的风景。然而,马可·索玛是会留心这些自然细节的人,不仅如此,他把它们借来装点插画的各个角落,成为捕获读者的诱饵。这位大师用最细小的笔尖刻画着每一处细节,孩子需要足够敏锐的双眼,聚精凝神,才不会错失他的精巧叙事。

索玛描绘的不可思议的故事场景,许诺了一次深刻的阅读体验。他诗意的幻想填补文字的空隙,以森林、池塘和沼泽为景,以人格化的动物为主角,赋予故事自由与奇幻的情境。孩子们的想象,在这个奇异世界的召引下,翩跹至遥远的年代,闯入动物的国度。他们划着蝴蝶船桨在云端游移,侧耳倾听飞鱼划过空中的声响,感受荷塘爵士音乐会的欢欣气氛。

这些细腻绘制的奇境让人深信不疑,沉醉其中。索玛的艺术幻想与孩子的心意相通,指引一条通往奇幻的路径。想象的自由让他们在漫长的回味里不断收获惊喜,也逐渐领略描绘未知和奇异景象的方法。

索玛对打造奇景的视觉研究不只是对自然的细密勾绘,还包含对艺术和建筑的元素借鉴。他将孩子视为睿智的观众,在图像中与他们对话,分享对艺术的见

01
《沼泽的召唤》
Il richiamo della palude, 20

马可·索玛
Marco Somà

解。在《幸福卖家》中，花冠枝蔓与新艺术运动的建筑和谐相融，索玛把绘本变成了一座展陈旧时代设计美学的博物馆。他知道如何还原旧物的魅力，借用它们讲述故事。引用自不同艺术领域的美的刺激，带给孩子丰富的滋养，展现绘本融合教育与幻想的力量。

在精致的自然场景里，孩子看见莲叶间拉奏提琴的青蛙乐手，开着复古皮卡兜售幸福的鸽子先生。这些拟人化的动物是索玛鼓励读者与故事深深共情的关键。他的角色研究还深入动物的特质，寻找呼应叙事的诗性元素。《无限》里的诗人化身优雅的麋鹿，坐在山岗遥望远方的地平线。如繁花密枝般向上生长的鹿角，象征诗人的思绪越过藩篱，盘旋于大地与天宇之间。透过深度的研究和自由的想象，索玛把美的事物攒集，转化成叙事的原料，带给孩子无尽的遐想。

如果索玛住在树屋之类的地方，似乎才更符合读者对他的想象。但事实也并不遥远，索玛的工作室就在远离市区的山林小镇之中。我们倾听这位敏感的艺术家谈论着自然的奇妙和他对儿童深沉的爱。他的每一个想法，都让我们置身于梦幻的情境，与奇特的动物相遇。

02
《幸福卖家》
Il venditore di felicità, 2018

动物和自然是体会故事的共情线索

您的绘本描绘了一个充满生机的自然世界。在现实生活中,自然也孕育了您的想象力吗?

我很幸运地生活在被大自然环绕的乡村。自然风景塑造着我的想象力,是我灵感的无尽来源。每天推开窗户,或者和狗狗散步时看到的景色,可能最终都出现在了我的作品里。或许所有的艺术家都这么说,即我们总是在画生活中包围着我们的事物。读者在作品中看到的,便是我用想象对周围事物的重现。

我对动物和植物的痴迷可以追溯到我的童年。在《沼泽的召唤》中,鲍里斯装在玻璃瓶里的植物是它的好朋友,也有点像我儿时拥抱过的树。小时候,我常常到祖父母的房子后边与白杨树一起玩耍,我的猫就跟在我的身后。这些高大的白杨树笔直地矗立着,看上去像一支威严的军队。我为每一棵白杨树都取了名字,因为在我眼里,它们都是真实的人,是我的朋友。在我的心里一直保留着与自然的这份联结,所以我的画很少没有自然元素。

您的工作室也坐落在大自然中吗?能否和我们分享一下您绘画时窗外的景色呢?

从我家的书房可以看到一片绿色的山丘,而从工作室的窗户只能看到一条城市街道,虽然没有山丘美丽,但依然充满刺激,街上的行人和城市的色彩都带给我创作的灵感。从我家步行到工作室只需 15 分钟,但沿途的风景一直启发着我,这也是我整理思绪的宝贵时刻。窗外风景不是我唯一的灵感来源,在开展每个新项目前我还会做深度的图像研究。

03

马可·索玛
Marco Somà

乡村的童年经历让您与自然和动物建立了亲密的关系，它们也成为您笔下热衷描绘的事物。您认为绘画是让您回归童年的一种方式吗？

的确如此！在创作时，倾听内心小孩的声音很重要，但这对于成人来说很难。当我回忆童年时，我能找到一些占据我幼年时想象世界的氛围和元素。我的童年是在乡村中度过的，我与大自然有很多亲密接触。我可以不受家长的监视，在室外自由玩耍。我会和小伙伴在广场上游戏，骑着自行车去寻找鬼屋。但今天的孩子没有我那么幸运，能有很多机会感受自然。他们很少独自出门，甚至不自己上学，总是被成人牵制。

因此，绘本中的自然元素唤起了我童年时感受到的那份自由，我想把它传递给孩子。

小时候，我最喜欢阅读有冒险色彩和异域风情的文学作品，尤其是有小岛、海盗和宝藏的书，比如《金银岛》和《汤姆·索亚历险记》。祖父母也会给我讲住在森林的魔幻生物马斯凯的传说。这些经历不仅培育了我的想象力，还鼓励我用我最亲切的语言——绘画，去讲述我的故事。虽然我不用文字创作故事，但我用图像创造充满异域色彩的世界，读者可以身临其境，展开真实的冒险。这是我还未实现的目标，也是永不停止的探索。总之，冒险与异域风情是我尝试在图像中创造共情的关键元素，它们传递着我曾拥有过的高度的自由。

03
《幸福卖家》
venditore di felicità, 2018

04
插画草稿
《沼泽的召唤》
chiamo della palude, 2016

05
玩偶 ©Liza Rendina
女王：不能弄湿她的脚》
a rainha das rãs: não pode molhar os pés, 2012

动物和自然是体会故事的共情线索

您是从什么时候决定走向插画的艺术道路的呢？这与绘画的天赋有关吗？

我不知道是否能够谈论天赋。19 岁时我发现创作插画可以成为一份工作。经过 10 年的学习和试错，我才出版了第一本书，总之，这条漫长的路是倾注了很多热情和努力的结果。

从小我就喜欢看插画书。我家到处都是这类书籍，尽管它们并不如今天的书那么精美。我在阅读托尼·沃尔夫（Tony Wolf）的书籍中长大，他对精细的追求，以及描绘丰富细节的能力，让我完全迷失在他笔下的魔幻世界中。小时候我就喜欢用画画的方式讲故事和创造我没有的事物。不过那时我的年纪还小，并不清楚自己长大后想成为一名插画家。

高中毕业后，我有过很多痛苦挣扎，因为我走了弯路。我想读的艺术学校离家很远，然后在父母的引导下，我选择了测量师的专业。有几年我都过得很艰难，我不喜欢我所在的学校。

直到 19 岁那年，转机出现了。高中教授向我介绍了欧洲设计学院的奖学金项目，它的入学考试要求以插画的形式设计欧元图标。一个新世界的大门就此向我敞开。我从未想过还存在这种入学考试，还真有学校开设插画课程。后来我获得了奖学金，但我选择了库内奥美术学院（Accademia di Belle Arti di Cuneo）。它也是一所小型的私立学院，不过更完整，遵循着公立学校的治学模式。因此，成为插画家是我 19 岁时产生的想法。

06

马可·索玛
Marco Somà

您从一开始就特别明确要为孩子们做书吗？因为他们是您最欣赏和信任的伙伴？

这是我仅有的十分确定的事情之一。我想和小读者们交流，我对青少年和成人都不感兴趣，我只为孩子做书。我对他们充满信心，因为他们是我们的未来。如果孩子从小接触包含高质量的故事和图像的文学作品，他们更有可能成长为更好的大人。我们已经有一个生病、破败、充满问题的世界，或许今天的孩子有更多的智慧，他们知道如何照料我们生存的环境。所以，我宁愿求助于这些仍然纯净且真诚的人。另外，孩子是比我们想象得还要聪明和真挚的读者。如果插画不够好，他们会直言不讳，虽然有些不留情面，但我喜欢这一点。

动物和自然是体会故事的共情线索

您在意大利巡回开展您的"儿童实验室",这个项目是如何开始的呢?您和孩子们会一起进行哪些活动?

与小读者互动的机会是偶然诞生的。我没有想太多就接受了这项挑战,正如当年在没有任何经验的前提下我开始了第一本绘本的创作。但是我很幸运有9个表兄弟妹,所以在这之前我就有了与孩子相处的经验,而且我喜欢和孩子一起创造。因此,我毫不犹豫地接受了工作坊的邀请,与一群不认识的孩子交流、成长。

我会为孩子们朗读绘本,与他们一起阅读、分析和反思图像,围绕绘本进行创意活动。工作坊刚起步时,我有些受挫,但后来它带给我难以置信的愉悦和鼓舞。原因是我发现二三十个孩子都有坚定的想法和不同的视角,这对我的创作帮助很大。我没有任何真正的叙事想法,但孩子们总是递给我"珍珠",他们启发了我看待事物的新鲜视角。每次工作坊结束后,我都会一遍遍地评估图像的构图。

桑达克说过"你永远无法为孩子写作,他们太复杂了,你只能写他们感兴趣的书"。您有遇到过令您印象深刻的孩子吗?他们对您的作品有过哪些有趣的回应呢?

我深知我无法创作出能吸引全世界孩子的书,但我可以创作反映我的内心世界的作品,它会自行找到心仪的读者。我遇到过一些孩子,他们难以准确地理解我的画,或者产生共鸣,但是我也见过一些难以置信的孩子,他们理解每一个小细节,甚至比我知道的还多。我试着为这类孩子创造图像。

几年前,我遇到了一个男孩莱昂纳多。当时我正在画《沼泽的召唤》,我向孩子们提问封面上的奇怪动物是什么,只有莱昂纳多能回答我。他比我还了解六角蝾螈。我让他走上前来,向其他孩子介绍这个奇怪的生物。工作坊结束后,莱昂纳多的父母向我表示感谢,他们说不知道该如何与沉迷动物书籍的儿子交谈。他们迷路了,找不到任何与孩子沟通的方法。因此,我想为像莱昂纳多这类孩子创作绘本,让他们摆脱沟通的疏离。我希望我的图像能为他们的思想提供养分。

08, 09
《三只小猪》
I tre porcellini, 2017

马可·索玛
Marco Somà

面对这群真诚的读者，您认为插画家的责任是什么？绘本能创造哪些可能性呢？

我在绘画时尽量不去想太多，以免把自己束缚住。我意识到我正在做一份比其他人所想的更为重要的工作。插画家常常被定义是为孩子画画的人。但其实这份工作创造了很多价值，尤其是对孩子视觉素养的启蒙发展。这不仅关乎儿童，也与成人息息相关，因为他们在理解视觉语言方面也有很多障碍。有的成人难以看懂图像的含义。在工作坊和老师、家长交流的过程中，我也发现了很多限制性。所以，用书本的插画应对这些挑战十分重要。

绘本的独特之处在于它能超越文本故事，为读者带去更多来自不同世界的刺激。我经常在插画中引用艺术家的作品，孩子不一定能发现，这时候就需要成人引导他们去探索。在《沼泽的召唤》中，我融入了莫里茨·科内利斯·埃舍尔（Maurits Cornelis Escher）的作品。很显然，孩子们并不认识他。教师可以从这本绘本出发，建立一条完整的路径，让孩子接触艺术史。所以，绘本是一种多媒体文本，它的语言的丰富性可以为读者开启很多扇门。

动物和自然是体会故事的共情线索

您曾说过，要成为一名插画家，光有热情是不够的，还需要与作家、市场和儿童读者交流，从而不断进步。在您的创作中，儿童读者比市场趋势更重要吗？

总的来说，我并不追随图像语言的流行趋势，在插画领域里，我是某种意义上的"异类"，因为我拥有在市场趋势之外非常鲜明的个人风格。我不会把故事情境或角色"甜美化"，我只是展示故事需要的内容。比如《沼泽的召唤》里有一幅描绘小主人公鲍里斯呼吸困难、无法入睡的场景。它发现自己是被人类领养的孩子，来自另一个自然世界。文本描述了鲍里斯在半夜醒来，感到十分口渴。插画工作者都知道视角的重要叙事功能。为了追求最好的效果，视角可以有很多变化。这个场景有一千种演绎方式，但我选择直接表现它。俯视的视角让鲍里斯看上去更瘦小。它看着很孤单，把自己深深地浸在浴缸里。这幅图直接地表达了鲍里斯想找回自我、重返沼泽的愿望。因此，这些图像必须是直白且真实的。我希望我的插画能够进入孩子们的头脑和心灵，而不止于眼睛。

10
插画草稿
《沼泽的召唤》
Il richiamo della palude,

马可·索玛
Marco Somà

11
《沼泽的召唤》
chiamo della palude, 2016

在您的绘本里很少看到人类小孩,动物才是您视觉世界的主角,为什么喜欢把故事的主人公设计成动物呢?

我对动物有深沉的爱,随之而来的是,动物比人类更有利于我表达故事。拟人化的动物角色不是我的独创,它已经是很悠久的传统了。动物也很好地克服了人类特征的局限,让读者更容易与故事共情。世界任何地方的孩子都能与大猩猩、蝾螈和狐狸共情,或许他们的同理心能获得更好的发展。所以,如果文本允许,我更乐意用动物外表设计角色。

动物和自然是体会故事的共情线索

您选择的动物与故事的情境及角色的特质十分契合。您如何为角色选择最合适的动物形象？又是如何构思它们的特征的呢？

有些故事已经设定了动物。比如出版社提议以狐狸和刺猬为主角，那我就会画上这两只动物。另一种情况是，我有完全的自由，我可以针对故事的年代和动物本身的象征含义展开研究。例如，目前我正在画《神曲》的系列选段，我和出版社讨论哪个动物更适合演绎但丁（Dante）。我提议孔雀，这是一种很有魅力和优雅的动物，但出版社希望主角是哺乳动物。后来我发现灵缇是个不错的选择，而且它在《神曲》的第一篇里出现过。

对于《沼泽的召唤》的主角鲍里斯，作者大卫·卡利最初的构想是类似某部二十世纪五十年代电影里的沼泽怪物。但我认为这有些惊悚，与他诗意的文字并不相符。卡利重新研究，编造了故事环境。为了与情境

12, 13
《无限》
L'infinito, 2019

马可·索玛
Marco Somà

相符，主角只能是长着腮的水栖动物，而且要有人类特征。深入研究后，我找到了最完美契合这本书的生物——六角蝾螈。它生活在墨西哥沼泽，是一种濒临灭绝的稀有动物。粉红色的皮肤、大大的眼睛、羽毛状的六只触须都让它看起来像个孩子，而且它有鳃。这是一种奇怪的生物，却十分贴近卡利想象的场景。在我设计的第一版的角色图里，鲍里斯就没有触地，而是像红树林的根一样在水里漂着。书中漂浮的世界也完美反映了它的心理状态。

《无限》是对意大利著名诗人贾科莫·莱奥帕尔迪（Giacomo Leopardi）的田园诗代表作《无限》的改编。这本书的主角就是莱奥帕尔迪，他是贵族出身，所以高贵优雅的鹿很适合去演绎他，尽管莱奥帕尔迪有些驼背，但这不是无法跨越的障碍，因为我们在幻想和诗歌的意境里。而且，我想改变对诗人埋首苦读的刻板印象，所以，鹿的优雅就很完美地实现这一点。另外。在这本书里，鹿角是诗人精神世界的具体展现。它随着诗歌逐渐变大，大到充满鲜花和写满诗篇的信纸。因此，鹿这个动物本身的发育和成熟过程，满足了我对书中某些重要内涵的诗意表达。

动物和自然是体会故事的共情线索

在《做自己》里也看到了相似的自然与人类文明的冲突。猩猩被迫过着人类的生活,思念着他的家乡自然。您希望这些书引发孩子思考自然驯服和身份认同吗?

《做自己》的故事的确建立在自然与文明的二元论上。故事的主人公猩猩被人类强行带到洛杉矶,成为一名炙手可热的演员。他实现了很多人梦寐以求的东西,比如巨星的身份和童话般的豪宅生活。然而猩猩的本性与人类不同,他并没有因此感到快乐,而是思念着他原本的家。在书中的第一张插画里,你可以清晰地看到这个虚假的世界的本质。大猩猩穿戴整齐,坐在皇室沙发椅上。身后的墙纸让人想到他的故乡——自然。我有意突出背景的墙纸间黏合的缝隙,这个很明显的缺陷设计提醒读者猩猩背后的场景只是一张墙纸,是一个虚假的野生世界。

这本书让孩子思考人类为了追求一己私利,是如何枉顾其他生物的权益的。我认为童书插画家和作家肩负着广义上的教育责任,帮助我们的孩子理解自然本应享有的自由。《做自己》这本书向孩子们提议一种与自然和谐相处的方式,而不是去破坏和侵占它。

14, 15
《做自己》
Essere me, 2020

马可·索玛
Marco Somà

在您的图像世界里,您没有描绘纯粹的自然环境作为故事背景,而是融入来自人类世界的文明元素。您在这一对比中寻找一种和谐美吗?

我很喜欢将我热爱的事物放进画里,尤其是自然与文明元素,并让这如此不同的两者和谐相融。大自然无声的美丽和它丰富的形状与色彩让我沉醉。决定插画中的动植物后,我会针对它们展开图像研究,再自由想象。我在《小红母鸡》里画了来自我祖父母花园里的绣球花,这是我对童年的追忆。我所描绘的自然对我有很深的意义,它并不一定是一种象征,或许只是对我幼年记忆的再现。

17

16
《小红母鸡》
La gallinella rossa, 2012

17
《睡鼠的七张床》
I sette letti di Ghiro, 2017

我不是深居山林的隐士,我也喜欢人类,以及人类用智慧创造的一切,包括建筑、设计及美术。我尝试创造一个世界,自然与人类文明相互融合,互不干扰。我的动物本质上都是人。我也试着在房屋和物件的设计中融入人文元素,这样读者更能产生共情。

我痴迷于旧物的设计,虽然它们已经不存在,但代表着过去的时代。这些物品放在我的插画里能够勾起孩子的好奇。虽然有些孩子根本不熟悉那些年代,或者从未看过黑白电影,这便成为启发他们发现新事物和提出新问题的途径。我在《睡鼠的七张床》里画了一台拨轮式电话,孩子们不知道那是什么电话。但我非常了解它,因为我外婆家就有一台。小时候我花很多时间去玩那些数字和拨盘。这些来自我的童年的元素,对于今天习惯于玩高科技产品的小读者而言是陌生的,这便可以鼓励他们去探索未知的事物。

动物和自然是体会故事的共情线索

您的插画里有很多来自过去年代的物件、服饰和建筑。您为什么喜欢把故事场景设置在二十世纪呢?

我一直很欣赏旧时代的优雅服饰、精确细节、交通方式和风景。如果文字允许,我会试着在插画中融入不同年代的建筑、艺术、历史、文学及电影的元素。这些细节的引用可以创造更多阅读的可能性,让不同年纪的读者都参与进来。

《青蛙女王:不能弄湿她的脚》设定在二十世纪二三十年代。在我准备画这本书时,一本同样描绘池塘青蛙的绘本刚出版。为了避免相似的图像,我听从旧时代的指示,打造一个全新的场景,赋予它现实感。

我选择把《做自己》放置在二十世纪三四十年代,因为第一部金刚电影诞生于 1933 年,致敬这个时期是对的。主角大猩猩有着格里高利·派克(Gregory

18
《青蛙女王:不能弄湿她的脚》
A rainha das rãs: não pode molhar os pés, 2012

马可·索玛
Marco Somà

Peck)的优雅，戴帽子的方式也让人想到巴勃罗·毕加索。他手里的报纸是1930年创刊的《好莱坞记者》，报纸的头版图片也取自《金刚》电影里帝国大厦的经典画面。

《小红母鸡》的封面会让人回想起以前磨坊出售的面粉袋，骑车的母鸡也是对当年广告的致敬。书里的喷壶、播种机、拖拉机、打谷机也都来自二十世纪五十年代。这一时期对我启发良多。小时候我很喜欢听祖父母讲述那些遥远又迷人的田间轶事。过去没有太多汽车，人们需要步行穿过田野，一天可能要走好几千米。生活的节奏很慢，劳动也很辛苦，但那个时期的人们对自然和生活怀有深切的敬意，人与人之间有一种今天似乎不再存在的分享精神。每次听到祖父母谈论过去，我都陶醉不已。这也是我喜欢把故事设置在二十世纪五十年代的原因。

您的插画风格既保留了手绘的质感，又很好地结合了数码绘画在上色和处理肌理上的优势。能分享您使用工具的方法吗？

在职业生涯初期，我主要使用的材料是丙烯，用叠色和厚涂的画法去获得角色与场景的立体感和色度。但是，我感受到这一技法缺失了至关重要的东西——标志性风格。后来我找到了技术的突破口——通过铅笔线稿和色纸叠加着色。我喜欢铅笔在纸上摩挲的声音，以及这门技术从铅笔起稿、阴影排线到明暗处理的精细打磨的过程。我总是先从铅笔开始，创造更富有活力的笔触。之后我会使用电脑做精细处理。尽管我添加了很多层或柔和或鲜艳的色彩，数码绘画依然能保留铅笔线稿。我用水彩、丙烯、彩铅和铅笔绘制有色背景纸，扫描，在线稿图层下填色。这个上色过程就像是用很多不同的色纸在电脑里做拼贴。

19
《小红母鸡》
La gallinella rossa, 2012

动物和自然是体会故事的共情线索

您的插画就像是泛黄的老照片，大地色调赋予故事秋叶般静谧的氛围与怀旧感。您是如何构思书籍的配色的呢？

这取决于故事类型和文本给我的提示。如果是幽默或轻松的故事，我会选择明亮活泼的颜色，若是更诗意的文字，我则会倾向于更特别的颜色，或者不上色只保留铅笔笔触。《沼泽的召唤》的文本暗示我打造一个迷雾笼罩的环境，所以灰色要更突出一些。读者在封面上能看到灰色调下交融的天空和沼泽。《幸福卖家》和《无限》有更多蓝色和冷色调，但在《做自己》中，暖色更占主导。我用了很多大地色，比如赭色。此外，我想要打造另两种颜色的对比，所以选择了浅蓝色，这是从主角的蝴蝶结上提取的颜色。另一个是在故事里反复出现的淡紫色，它既是船的颜色，也是一种植被和猩猩家的颜色。色彩在这本书里是一种互文元素，有重要的叙事功能。

您的很多绘本从环衬页就开始讲述故事，或在暗示故事内容，或在营造氛围。您希望环衬实现哪些叙事作用呢？

环衬可以成为故事的框架、叙事的起点或者烘托氛围的空间。例如在《青蛙女王：不能弄湿她的脚》中，我想创造舞台幕帘的感觉，于是画了两片荷叶，读者可以透过它们窥视青蛙的国度。这些叶子延续到扉页，将读者带入即将发生故事的青蛙的微观世界。《沼泽的召唤》的前后环衬是故事的开始和结束。两者描绘的都是同一片沼泽，但随着阅读的顺序和时间的进程，

在后环衬页，小鱼从左侧游走了，取而代之的是故事里装着象征父母思念的植物的瓶子。所以，在这本书里，故事发生在两个环衬页之间。

插画的版面是您影响读者视觉体验的手段吗？您有特别的设计巧思吗？

的确如此，《幸福卖家》采用和《青蛙女王：不能弄湿她的脚》相同的版面设计，带有点现代童话感，空

20, 21
《沼泽的召唤》
Il richiamo della palude, 20

马可·索玛
Marco Somà

21

白单页在翻页间创造了一种节奏。卡利在故事里就提出了哪部分是跨页和单页。我想在文本页和图画页之间建立一种联系，让它们看上去像是一整个跨页。另外，文本页上的小的图像元素又可以与主页满面的插画互动。这让我的插画更轻盈，也解决了我的跨页插画太满的问题。但这在《无限》中无法实现，出版社要求跨页全图版面。我在插画中留出空间放置文本，让图像有更多的呼吸空间，也不会让读者的眼睛疲惫。

在构思《沼泽的召唤》时，我希望在版面设计上让整本书看起来就像一本相册，带给读者翻阅回忆录一般的阅读体验。方形的边框也是一种视觉策略，让读者对故事产生距离感，以防过度沉浸于故事，同时对图像保持相对客观的立场。然而有一幅飞鱼跃过空中的场景又打破了这个模式，边框消失了，取而代之的满版的插画创造了更加身临其境的情境体验，让读者与鲍里斯产生更深的共情。

动物和自然是体会故事的共情线索

您和卡利合作了许多书。有时是您的插画在承担着讲述故事结局的作用,比如《沼泽的召唤》。与这类创作简练文本的作家工作是怎样一番体验呢?

《幸福卖家》也是相同的情况,尤其是在我和出版社阅读的文本初稿里,根本不存在结局。我对这种文本感到十分自在。我发现绘本的文字需要非常本质和凝练,这是绘本的特质。插画家的工作是通过讲述、补充信息来完整文本未说的内容。

我非常喜欢卡利文字的简练,它给我更多机会探索插画的可能性。《沼泽的召唤》的结局好像说了什么,又好像什么都没有说。狗狗来了,一种设想是鲍里斯会跟它回到人类父母的家。这个结局留给读者自己想象和解读。

《机器人》
Robot, 2014

图文关系在《做自己》中又很不同，因为卢卡·托尔托利尼（Luca Tortolini）的文本描写很丰富，不需要我用插画去表达更多。我的插画创造了情境，引导读者理解故事，欣赏作者描写的世界，但其实文字本身就能够实现这一点了。

您更喜欢能给图像带来更多创作空间的文本吗？比如那些能引发深度思考和多重解读的诗意故事？

我的回答或许是粗浅的，但是文字一定要让我兴奋，不然我很难将这些无趣的文字诠释成图像，反过来激发读者的兴趣。文本能否与我对话、触动我很重要。《机器人》是布鲁诺·托尼奥利尼（Bruno Tognolini）写的有趣故事。这本书讨论了技术、人类发展与自然之间的关系。虽然这个故事不在我熟悉的视觉领域里，因为它没有森林和动物，而是机器人，但我还是决定接受这个挑战。因此，可以肯定的是我更喜欢诗意的文字，或者隐藏丰富内涵和阅读路径，激发深度思考的故事。这让我更有可能创作允许多视角解读的图像。

您认为插画书籍在未来会越来越受重视吗？

绝对是的。我认为绘本有其自身的重要性，因此很多成人开始接触、研究和理解它。这门艺术具有很高的价值，意大利也在通力推动绘本创作和阅读的发展。有许多出版社研究和制作高质量的书籍。但缺失的是对这一媒介本身，及其作为一类文学的价值的认识。提高人们的意识将会是一条漫长的道路，不过这一切正在发生。

23

23
马可·索玛的插画作品

每个故事都有它专属的视觉风格

插画家 西蒙·雷亚
Simone Rea
出生地 意大利 阿尔巴诺拉齐亚莱（1975）
代表作 《伊索寓言》《黑暗快走开！》《风》《格罗努特》《卖气球的人》《纳斯拉的影子》

西蒙·雷亚

"我处在职业生涯的某个阶段，不再相信个人风格的重要性。我不认为有必要创造一种可以被出版的风格，更重要的是热爱故事，并跟随它。我发现探索图画演绎文本思想的最佳方式才是更有成就感的挑战。"

每个故事都有它专属的视觉风格

01

手艺匠人是对工具如数家珍的人,他能一一叫出它们的昵称。在他的画室里,每一个物件似乎都有具体的使命和操作方法。

在窗户旁悬挂着一把尤其老旧的画笔,虽然磨损严重,但是它能完美描绘轻软的云朵,因此不能将之丢弃。在一叠泛黄的画纸上放置着一把近乎崭新的小刀,当需要在深色图层表面刮擦浅色时,它可是能派上大用场。后退一步观察整个工作室,它就像是脏乱的美工材料堆砌的废料场。而在这些旧物的旁边是一张整洁的桌子,摆放着数位板和电子绘图笔,仿佛是来自另一个宇宙的事物,然而它们都属于同一位艺术家——西蒙·雷亚。

对这位大师最贴切的定义或许是"实用主义艺术家",这准确地解释了他对风格研究和插画诠释的态度。作为手艺匠人,雷亚对各种绘画工具得心应手,作为艺术家,他总有办法为他的创作方法发展出一套哲学。"艺术家"的身份极易让人联想到沉浸在自我世界的艺术工作者。但是,创造性思维与手艺匠人特有的率真,在雷亚身上得到了良好的结合。他直言一切想法,将绘本创作过程去神秘化。任何对叙事手法或者绘画哲学的假设都会变成一场围绕技法创作的探讨。

在画材和视觉语言的转变上可以看到雷亚不停歇的突破,他的每一次转身都让读者充满期待。每一本书都让人好奇他还有多少不为人知的面孔。你很难在这位

01
《卖气球的人》
L'uomo dei palloncini, 20

02
《桌子的故事》
I racconti del tavolo, 2020

艺术家的视觉风格中捕捉到他的神秘个性。在雷亚看来，成为一名优秀的插画家，最重要的不是终其一生去打磨某一种风格，塑造明确的视觉身份。倾听文字的心声，服务故事的需求，才是他衡量艺术过程能否成功的关键。可以说，雷亚从始至终都扮演着忠诚插画家的角色。

可不论雷亚如何变化技法，永恒不变的是图像梦境般的诗意。这位插画家毫不费力地打造朦胧和梦幻的氛围去讲述故事。阅读他的书恍若跌入他编织的梦境，你不会在一开始敏锐地察觉到，而是自然地沉浸其中。幻想以极其自然、不动声色的方式潜入现实。

尽管雷亚并不承认他是儿童之友，但他的作品总能轻松勾勒出孩子隐晦神秘的心灵世界里躁动的能量，为那些梦幻的愿望和无形的幻想赋予形状。他带给读者惊喜的方式是含蓄、温柔而克制的，于平稳的视觉节奏之中变化着光影与色彩。在《卖气球的人》里，当气球的小小光芒点亮了暗夜的城市，孩子们无法怀疑童年魔法的存在。

这位百变大师从不同画材的特性出发，解释为何他不再执意寻找个人风格，因为每一个故事都值得找到最合适的视觉表达方式。尽管如此，梦境感十足的氛围依然是他笔下永恒的保障。

从罗马美术学院（Accademia di Belle Arti di Roma）毕业后，您并没有打算成为插画家，这个选择是偶然发生的。是什么推动您走向插画家职业道路的呢？绘本吸引您的是什么？

我一直是画家，相比抽象艺术，我与具象艺术有着更紧密的联系。就读罗马美术学院之前，我在艺术学院学习摄影和商业设计，这段经历加深了我对设计的理解，让我对色彩和形状的组合更敏感，也更了解观者感知图像的方式。这也解释了为何我的绘画造型更平面和闭合。

毕业后，我想找到一份合适的工作，追随我对绘画的热情，于是我接触了插画领域。在参观萨尔梅德插画展后，我更深刻地认识到我想成为插画家。我在展览上看到了插画界的先锋艺术家洛伦佐·玛托蒂（Lorenzo Mattotti）的作品，还有在当时对我来说有些陌生的罗伯特·英诺森提和贝娅特丽丝·阿勒玛尼娅的作品。虽然那些插画被称为儿童插画，但是它们的视觉研究十分精细，无法被视为幼稚的作品。我意识到这个领域很适合我，我可以把我所学的视觉理论、我对图像构图的热情和讲故事的愿望相结合。

绘本吸引我的另一个原因是这个媒介有更广泛的受众群。经由书籍，我的作品有机会接触更多读者，让好故事传播得更广，这似乎比办一场艺术展更有效。插画展之后的两三年里，我都在萨尔梅德参加萨弗雷尔基金会组织的插画暑期课程。通过参加意大利和国际

03
《纳斯拉的影子》
Les ombres de Nasla, 2019

西蒙·雷亚
Simone Rea

出版领域的重大比赛,我逐渐被大众所认识。2007年,我终于出版了第一本绘本。

您是否介意作品也被贴上"儿童插画"的标签呢?您是在为儿童读者群做书吗?

我在萨尔梅德遇到了比利时插画家卡尔·柯奈特(Carll Cneut),他的绘本《格雷塔·拉马塔》让我明白了插画书适合任何读者。我不是在为孩子们作画,这对我来说没有真正的意义。我不了解孩子的喜好。我知道他们热衷于细节,但我对他们的审美没有更深的见解。我认为插画书所包含的图画适合所有读者。不过,我的确给出版社和发行商带来麻烦,因为我的作品难以归类为儿童绘本,为销售造成困难,但这就是我做书的方式。

我不是绘本作家,对故事最基本的建构想法并非来源于我。我的责任就是追随文本,为它打造视觉情境。因此,我不遵守任何儿童插画的创作规则,我也不会顾虑潜在的儿童读者。我不是一位殷勤的绘本家。

04
《懒猴和大树》
Loris albero alto

每个故事都有它专属的视觉风格

人们常说,"找一个画得好的插画家比找一个写得好的作家更容易。"您是否同意这一看法呢?

我不认同,尽管很多人都这么认为。或许是因为人们更习惯于阅读文字,而不是批判性地观察图像。因此,评判文字是否有价值对大多数读者而言是相对更容易的事。实际上,许多插画书很平庸,可销量却不低。我并不是从艺术的高度去评判绘本的价值,因为它的插画并不苛求技巧的完美极致。绘本需要的是更复杂的创造过程,去维持图文之间的良好平衡。这对插画家的能力提出了更高的要求,而不仅仅是绘画技巧的高超而已。现实是,很多插画家没有深入研究图文关系,以我并不欣赏的取巧方式完成了作品。有时我去书店,就感觉像去电影院,书架上百分之八十的书是用来填充书店而不是创造价值的。

您说过您只会选择能够引发您好奇心和信念感的故事,它并不一定需要契合您喜欢的题材。所以,您一直对故事保持很开放的态度吗?

关于文本是否适合,我没有清晰的判断。我从不执着于寻找特定类型的文本。我会反复阅读收到的文稿,从本能和情感上做出判断。我对故事的热情会告诉我它能否带来有趣的研究。我也接受并不符合我个人喜好的故事,只要它能引发读者的好奇。

我必须承认,不幸的是,我收到过很多平庸的故事文本。最近几年,多亏了Topipittori和Il Leone Verde出版社,我才有机会创作两部我很满意的作品。有深度、能引发探索的文本是求之不得的。我与亚历山德

05-07
《风》
Il vento, 2016

罗·里乔内（Alessandro Riccioni）合作的《风》虽然不是我最受欢迎的绘本之一，但它的文字非常精巧，寓意很深刻，让我能够开展有趣的研究。几年前我可能会觉得角色设计在整个故事研究里是相对简单的环节。但在创作这本书时，我发现角色研究很有挑战性，因为我需要设计一个透明且不稳定的角色——风。富有启发的文字帮助我找到了描绘风的方法。文本描述一个晴朗的冬日清晨，风起床后心情很糟糕，万里无云的蓝天又让它十分生气。它发疯似的在城市里发泄怒气，在屋顶上、街道边、光秃秃的公园和建筑楼宇间大口吹气。在我读到这些句子时，风的形象变得很具体。在对这些画面的想象过程中，我开始勾勒出角色的样子。

后来，又因为乔瓦娜·佐博利，我有机会画一个美丽的故事《卖气球的人》。第一次阅读文稿，我就发现它复杂得让我害怕，我脑海里冒出的第一个想法就是恐怕我无法完成这项工作。这本书让我对故事文体有更深入的探究，它是一项巨大的挑战，一次对于插画家而言的真正的成长机会。

每个故事都有它专属的视觉风格

为什么《卖气球的人》的文本让您觉得很复杂?

这本书的文本没有以常规的方式讲故事,它就像没有叙事的脊柱。我要解决的问题是叙事的连贯性。"很久很久以前"缺失了,这是一个非线性叙事的文本,故事由一系列独立事件的交替构成。它更像是一首诗歌,而非传统的散文。每一个句子都充满多种图像表现的可能性,而且相互之间并不严格关联。这就像是在玩纸牌游戏。如果你改变了句子的顺序,故事也不会发生任何变化。

整个故事没有叙事顺序,所以我需要通过图像去重新建构。文字讲述了不同时刻发生的事情,好像快照抓拍的画面。故事的开头写到卖气球的人快来时,他会通过自己的方式在窗户外叫你。但具体是什么方式呢?文字没有说明。接着,文本又描述到卖气球的人有一辆黄色的卡车,里面装满了巧克力和杏仁糖。在这之后文本继续讲述一幅幅独立的场景。因此我需要去填补缺失的细节,用图画去创造叙事的脊柱。

08, 09
《卖气球的人》
L'uomo dei palloncini, 201

面对如此开放的文本，插画要承担更多的叙事责任。相应地，视觉演绎的自由度也更高，在这种情况下，您会如何确保创作走在正确的轨道上呢？

发现文本里的问题，用图像去解答它，推动着我的视觉叙事创作。《卖气球的人》的文字没有说明主人公来自何处、他有什么习惯或者他是如何出现的。因此，通过解读仅有的少量文字，我用图画创造了故事的背景。故事从环衬页开始，卖气球的人在夜里开着一辆黄色卡车，在扉页时，他抵达了小镇。接着画面展现了他如何筹备小集市。五颜六色的气球在镇上飞舞，这些安静的诱饵，是卖气球的人招呼人们从家中前来的信号。飘在空中的气球没有出现在文本里，但我想要借此描绘卖气球的人每到镇子就会做的诗意行为。

插画家比读者更了解故事。他可以玩转视觉元素去支持叙事，补充文本缺失的细节，或者为文本赋予新意义。这展现了插画家的能力，也是他需要承担的打造整个故事氛围的重要责任。

文本开篇就提及了卖气球的人，但是作者没有描述他的特征，这便是我发挥想象创造的部分。创作视觉细节的过程就像在写第二个故事，这是插画家的首要责任。在设计角色之初，我很好奇卖气球的人是否能为每个孩子挑选完美的气球，或者他是一位疯狂而超现实的巫师。最后我的答案是他只是一个街头小贩。我没有删减故事情节，而是创造其他解读层次。这样可以避免无法带给故事或阅读新刺激的说教插画。

每个故事都有它专属的视觉风格

您对故事的演绎方式是为了让它更多面,而不是只给读者一个固定的形象吗?

我的工作是为读者提供更多视角,避免去直接回答和解释故事中的谜语,否则绘本就会变得很说教而无趣。读者需要去玩转和解构文字与图像。我的另外一部重要作品是《纳斯拉的影子》,它的图文关系和《卖气球的人》有很大不同。在这本书里,我退后了一步。它的文字简洁凝练,却已经陈述了读者掌握叙事所需要的诸多信息。因此,我希望插画在这本书中发挥的作用是陪伴文字,给予支持,让读者放慢阅读的速度,有更多空间去观察。我认为插画家的重要工作是倾听故事的建议,尽可能地服务它。根据故事重现艺术的过程比找到个人的插画风格更重要。插画家需要知道如何丰富、陪伴、曲解和干涉文本。

为什么创作《卖气球的人》时,您没有选择您最得心应手的丙烯,而是去挑战铅笔和色粉呢?您为故事选择合适的绘画材料的标准是什么呢?

我会根据文本挑战图像风格。每一个故事都向我暗示它需要的轻盈或厚重的笔触、特定的色调和其他视觉元素,根据这些信息我再选择最合适的绘画工具。在职业生涯之初,我用丙烯完成了《伊索寓言》,我以为丙烯会是我永远赖以生存的工具,因为它是我那十

10
《照顾我》
Abbi cura di me, 2019

11
西蒙·雷亚的插画作品

西蒙·雷亚
Simone Rea

12
《纳斯拉的影子》
Les ombres de Nasla, 2019

年最主要的研究领域，但后来我开始尝试其他材料。我对不同的绘画技法都很感兴趣，这是我提升自我的一种途径。我没有期待寻找一种能让我获奖的技巧方法，我只是喜欢尝试不同的视觉语言讲故事而已。

但是，真正的刺激来自《卖气球的人》，我发现我研究多年的丙烯并不适合这个故事。它需要一些更潦草或者轻盈的笔触。我和出版社商量改用铅笔和粉彩。这个挑战并不简单，我需要从铅笔重新出发。在我研究丙烯的时期，铅笔主要用于速写起稿，我从未把它视为最后绘图阶段的工具。丙烯虽然能创造轮廓分明的造型，有清晰的形状和均匀的色彩，但在这本书里，铅笔能打造更模糊的轮廓，增添更隐约朦胧的效果。我用了半年时间摸索最适合这个诗意故事的插画风格，既有一定约束感，但又不会让画面失去活力。

另一个考验我的项目是《照顾我》，这是一本关于圣雷莫（Sanremo）歌谣的插画书，风格需要像一篇祷文。单版印刷解救了我。它满足了我对成熟图像风格的需求。这门类似雕刻、蚀刻和铜版画的技术，相比丙烯，更能帮我创造更复杂精细的图像，细节更清晰，造型也更明确。

每个故事都有它专属的视觉风格

丙烯画的技巧是否影响了您对其他材料的使用方式呢？虽然《卖气球的人》的主要工具是彩铅，但是它细腻的质感仍然延续着您梦幻的诗意？

读者认出我的作品，或许是因为我对绘画工具的使用方式。我的确喜欢在不同的材料上试验相同的绘画步骤和方法。比如我在使用丙烯时习惯涂很厚重的颜料，让画看上去更有质感和光泽，然后用砂纸打磨，刮出浅色。我在《卖气球的人》里也是这么做的，尽管我选择的材料是铅笔。我创造了很厚的石墨铅笔图层，再用砂纸打磨出有趣的肌理。我喜欢尝试新鲜事物，对于绘画亦是如此。我从来不为自己设限，我的局限性只被工具所定义。

13
《卖气球的人》
L'uomo dei palloncini, 201

您是少见的并不执着于追求可识别风格的插画家。这会让出版社陷入困境吗?

我不追求个人标志性的风格和辨识度,或者说它作为一个不断发展的过程而存在。我处在职业生涯的某个阶段,不再相信个人风格的重要性。我不认为有必要创造一种可以被出版的风格,更重要的是热爱故事,并跟随它。我发现探索图画演绎文本思想的最佳方式才是更有成就感的挑战。我相信插画家的经历和尝试越多,他就会成长得越好。每一种经历都增加了他的辨识度。如果想摸索个人风格,可以追寻你爱的事物。比如我很喜欢荷兰绘画,所以我不断让自己的绘画语言被它所影响。

对于风格,出版社比我想得更多,这的确是他们需要考虑的方面。其实出版社永远不知道我会如何创作。我会根据故事决定绘画工具和方式。我无法重复某个风格,这不是我的做书方法。我有时觉得自己像个作家,因为我可以通过工具或风格去选择如何演绎和讲述故事。但毕竟我不是,我需要在故事的引导下做决定。故事可能会对插画提出明确的要求,而我的责任就是服务它。

每个故事都有它专属的视觉风格

面对不同类型的文本，您的图像研究过程也会有所不同吗？

每本书的图像研究都不一样。如果是纯粹的委托创作，那我只要知道如何满足编辑的要求。但有的绘本要求更实用的方法。例如，我必须去学习小猴子的生理结构来更地好描绘它。还有的书给予插画家充足的空间去开展深度和有意义的研究。比如我改编的《伊索寓言》要求重建故事的时间背景，这类研究提升了我对设计特定历史时期的经验。

所有书本的研究过程都不会相同。在我看来，画绘本插画是一个很具体和真实的工作，需要持续和综合的研究。摸索出诠释故事的方式后，插画家的工作就是一个实践想法的过程。在脑力劳动后，紧接的就是对技巧及材料的实验和具体的做书流程。当拿起一张速写纸或者一台平板电脑，我的创作就开始了，这就是我研究的起点。

15

15, 16
《伊索寓言》
Favole, 2011

西蒙·雷亚
Simone Rea

16

为什么要改变《伊索寓言》的时间背景？这是您改编经典作品的突破思路吗？

《伊索寓言》经历了一个漫长的研究过程。在那段时期，编辑保罗·坎顿（Paolo Canton）分享给我一个美国图书馆的链接，那里收藏了几个世纪以来《伊索寓言》插画版本的扫描资料，从古代版画到2012年的艺术作品。我们进行了长达半年的研究，分析历史上的插画家和艺术家对《伊索寓言》的演绎方式。在与过去的绘画作品的对话过程中，我反问自己这些大师在诠释寓言故事时在寻找什么？他们保留了文本的哪些内容？这些选择背后的原因是什么？

我注意到有些插画家会把《伊索寓言》设定在他们身处的时代，动物的服饰和物品都是当时的东西。我对复制我们现代风格的服饰和物品设计不感兴趣。我决定将插画的时间背景与我们所处的世纪相分离，让角色生活在一个定义模糊的历史时期，一个流动的时代，引用来自过去和现代的元素。比如，有个角色端着一台数码照相机，但它穿的却不是二十一世纪的衣服。《伊索寓言》是永恒的经典作品，适用于任何年代，因此，我想要角色更具有普适性和梦幻色彩。

您在《伊索寓言》的创作中还参考了安迪·沃霍尔（Andy Warhol）的波普艺术、米诺斯壁画、耶罗尼米斯·博斯（Hieronymus Bosch）的象征主义。您的美学参考来源主要是什么呢？

我没有明确的参考点，但我有仰慕已久的艺术家。比如，勃鲁盖尔家族（Brueghel）和弗莱明斯（Flemings）的作品都是我的灵感的重要来源。我也欣赏皮耶罗·德拉·弗朗西斯卡（Piero Della Francesca）对角色的静态本质所做的研究。

虽然亨利·德·图卢兹·洛特雷克（Henri de Toulouse-Lautrec）作品的形式和内容离我有些遥远，但我对他的风格和技巧很着迷。雷尼·马格利特和爱德华·霍珀（Edward Hopper）的作品没有很吸引我，尽管在我的插画里能找到与之相似的感觉，不过我总是有意回避。

您的代表作《黑暗快走开！》讲述孩子怕黑不肯入睡的故事。您对这本书的空间与细节做了哪些研究？它们对创造故事氛围有哪些作用呢？

我刚读这个故事时并不感兴趣。它有点浅显，但在当时满足了我对轻盈感的追求。细节让我能够填满大开本，不然整个空间相比小小的角色而言过于空旷。此外，在同一个跨页里展现房子的两个内景，能够实现故事主要情节的架构。小主角奥斯卡的房间多次和其他房间一起出现在左右页。这不仅引导着读者的视线，也打造了小读者能沉浸其中，更好地与之共情的家庭环境。为了放慢阅读的速度，我在画面里隐藏了很多

17-19
《黑暗快走开！》
Via buio, togliti!, 2016

精致的细节。比如来自《卖气球的人》的黄色卡车、房子、狮子、大象,还有《伊索寓言》里的青蛙和其他绘画作品。书里还有一些重复出现的视觉元素,比如奥斯卡的床单图案,它创造了色彩的连贯性,也营造了读者熟悉的氛围。

这本书里的父亲出现的次数并不少,但他的画面相比奥斯卡和母亲,有着不寻常的寂静感,为什么同一个跨页里的动静氛围如此不同?

为了让角色贴合情境,就需要特别关注文本对他的特征、行为和动机的描述。通过分析,我们能够摸索出主角的形象。但就像拍电影,同样也需要找到配角。

其实父亲并没有出现在文本里,他是我为故事添加的配角。这本书的对话主要发生在奥斯卡和母亲之间,但是父亲的缺席让我有些担忧,这似乎是一种强烈的缺席,更别提还有一个偌大的房间作为背景。我希望打造孩子熟悉亲切的家庭环境,以免奥斯卡陷入孤独的包围。和出版社沟通后,他们也认同了我的想法,最后我添加了父亲这一次要角色,他并不占主导地位,但一直在场。

这一温暖的家庭氛围打造了与奥斯卡的恐惧相对的安全感。读者能感受到他的恐惧,但这种情感并没有充溢整个画面。对于是否要与奥斯卡共情,孩子是有选择的,因为在阅读时,他们可以退一步,观察整个场景,理解其实奥斯卡的恐惧仅限于书中他身处的现实。很多孩子都对黑暗有恐惧的情绪,但我相信这本书可以创造机会去帮助他们淡化这份焦虑。

每个故事都有它专属的视觉风格

您如何通过图像的构图去创造不同的故事需要的氛围呢？

我可以举例《卖气球的人》和《黑暗快走开！》。在《卖气球的人》里，我需要创造一种有秩序的混乱。其中一幅场景是孩子们聚集在气球摊前，我研究了很久如何保持不平衡的构图，同时又不会让画面陷入混乱。这些场景诞生于一个个小点。我从一个点开始，它又启发了我另一个点，以此类推。我想再现一种从上方俯视广场的感觉。特别是在偌大嘈杂的城市，从高处你能清晰地看到整个广场。然而，如果你处在中间的位置，你无法了解它的全局。因此，《卖气球的人》里的构图是有秩序的不平衡。

此外，这本书里的留白也创造了这种不平衡感，因为它与画面上散布的角色形成的密度产生一种对比。站远一点或者半睁着眼看这本书里的角色，他们就像是纸上的点。留白的一个作用是将他们重新排布。

在《黑暗快走开！》里，我试图创造一种沉静的氛围感。确定了水平开本后，我意识到唯一能做的一件事是用很多平行的图画展现不同房间。我的确没有使用恰当的视点，而是设计了一些奇怪的轴侧投影图。所有的场景都在限制角色的活动空间，避免让它过于自由。

20

20
《卖气球的人》
L'uomo dei palloncini, 201

西蒙·雷亚
Simone Rea

21
《黑暗快走开！》
Via buio, togliti!, 2016

《黑暗快走开！》里的想象的元素自然地打破现实空间的局限。您认为孩子能觉察到这一点吗？

无论是对色彩的选择还是空间的设计，我们都必须始终相信孩子是聪明的观察者。他们就像海绵，比我们成人能更敏感地把握细节与构图的特别之处，他们对正在欣赏的图像有着更清晰的视野。画面里不寻常的细节会让孩子流连忘返，使他们梦想成真。在观察插画时，孩子可能会注意奥斯卡的房间里突然冒出的小羊、蜗牛。我们无法知晓。我要做的是对文字进行思考，还有为孩子们制造惊喜，这是创作绘本的关键。

每个故事都有它专属的视觉风格

《黑暗快走开！》里，主角的恐惧被温暖的配色所约束，但是在《纳斯拉的影子》中，这种氛围通过黑色的背景充盈着画面。您的配色有叙事的功能吗？

我最常使用的配色是蓝色、红色和大地色调，这与我本身的文化背景有关。颜色能赋予故事一种解读，有时候它是对某句话的诠释，或者对某种特定氛围的呼应。颜色的确有叙事和象征的作用。在《纳斯拉的影子》里，我选择了黑色作为主色调，因为文本指出纳斯拉除了一个黄色的小纸屑，看不见周围的一切事物。我不能向读者展示纳斯拉在黑夜的环境里无法看到的东西，不然读者与角色之间的共情就会被破坏。另外，我能展现的是夜晚的黑，而不是蓝。蓝色是一种颜色。二十世纪七八十年代的美国电影就是使用了蓝色滤镜来模仿夜晚。蓝色常常被用来象征黑夜。但其实在真正很黑暗的时候，我们的眼睛无法看到任何东西，我们会感到正在被黑色所吞噬。黑色不是一种颜色，它是可见光的缺失，这也是为什么它很适合纳

22, 23
《纳斯拉的影子》
Les ombres de Nasla, 2019

西蒙·雷亚
Simone Rea

斯拉的故事。我们在夜里什么都看不清，特别是在灯光刚熄灭，眼睛还未适应黑暗时，我们无法分辨任何事物。因此，黑色在《纳斯拉的影子》这本书里有它自身的表征功能。

您6次入选博洛尼亚插画展。您认为参加这类国际比赛对插画师的成长意义是什么呢？

有很多重要的比赛是与书展相结合的。编辑通常不会仔细阅读在书展期间收到的所有投稿作品。但是书展很重要，有才华的插画师更有可能被发掘。一旦入围比赛，插画师就有机会被一流的出版社关注。在书展上，你也可以预约与不同出版社的面试，但是这种插画师和编辑之间的交流是很短暂的。博洛尼亚童书展总是挤满了人，你很难引起任何人的注意。而且这是一个专业的交易会，主要是为了让出版社会面，出售书籍版权。

我个人的经历是，在我职业生涯初期，为了吸引编辑们的注意，我将作品提交到不同的比赛。对我来说这是获得成功的最好方法。这个过程很缓慢，但是很公平和有效。编辑知道我已经准备好去创作一类困难在于保持风格连贯的书籍——绘本。

弗兰切斯卡·德里欧多

如果改编童话是一次剧场创作

插画家 弗兰切斯卡·德里欧多
　　　　Francesca dell'Orto
出生地 意大利 米兰（1990）
代表作 《白雪公主》《莴苣姑娘》《灰姑娘》《圣诞颂歌》《花木兰》《轻盈的爱》

"剧场设计帮助我找到了改编童话的新视角。很多技巧注重创作者自身如何沉浸在故事里，与情境和角色共情。这些都是我从戏剧领域借鉴的方法。"

如果改编童话是一次剧场创作

剧场是与弗兰切斯卡·德里欧多碰面最完美的选择,因为那里或许是观摩她指导绘本艺术的最佳地点。如果相聚在剧场,我们不会正襟危坐在正厅的观众席里,而是走进舞台,观察幕布后的一切。抚摸舞台边缘的木板绳结,轻嗅走道间的浮尘,再感受木地板的温暖与支架的冰冷之间的碰撞,我们更能体会这位年轻艺术家将剧场创作与绘本融合的独特方法。

当幕布轻轻拉开,在这个戏剧舞台上,我们仿佛听到莴苣奋力生长、藤蔓植物悄悄爬上高塔的声音。一束追光落在女巫和王子身上,他们四周蔓延的暗长阴影预示着厄运的到来。在德里欧多的图像世界里,似乎每个元素都很重要。层次丰富的场景为故事搭建情境化的舞台,精巧的戏剧服饰呼应人物的内在,物件与光影也默默创造着视觉惊喜和叙事线索。

从剧场设计到绘本创作,德里欧多作为跨界新秀,对图像叙事却有着深刻独到的见解。自然、哲学、文学和戏剧滋养着这位年轻艺术家的视觉与情感文化。她对绘本"技艺"世界的探索,从不受限于前人的规则。将剧场方法与绘本创作相结合,从内心汲取演绎童话

01
《稻草人和玫瑰丛》
The Scarecrow and the Rosebush, 2017

的新视角,德里欧多定义的是她个人独特的美学。

她用精致而优雅的笔触,自然地把读者带入古老的童话世界。我们发现了原始故事的痕迹,也观赏了一出现代的戏剧演绎方式下的视觉盛宴。以童话为原材料,拆解叙事要素,深思细节与整体设计,在视觉上打造概念与情感的绝佳组合,都是这位艺术家反映故事本质、还原情感的方法。

02 《灰姑娘》 Cinderella, 2019

德里欧多把图像变成了充满力量的叙事工具。读者的视线不再是流连于细节的美丽之处,而是去思考未言的童话含义,去体会流动的情感。那些或黑暗扭曲的时刻,或温馨甜蜜的瞬间,让读者发现与遥远故事的共情体验是有趣的经历,是一次难忘的阅读冒险。我们所读到的每一幅图像,都是个人与故事的碰撞。德里欧多让读者相信视觉元素不仅属于故事,也属于我们自己。每个人都在阅读中创造着一个新世界。

这次对话让我们得以探索德里欧多的故事哲学,踏足她的内心宇宙。她说的每一个单词都经过深思熟虑,反映她对绘本创作严谨细腻的美学观。不仅是在插画中,她的精致感也延续在生活里。

能和我们分享您是如何为新的工作室打造舒适的工作氛围的吗?

我的新家是建于1918年的管家房,它是由一个特殊的通道连接的两栋老房子。用来改造工作室的房间过去是个谷仓。修复时,我们决定保留它的木制老阳台。它的栏杆现在都还可以推开,以前的管家就在这给楼下的马投喂干草。我们还在计划整修第二个阳台,摆上绿植和桌椅,之后就可以在那写生、吃早餐、看书和欣赏风景。这栋老房子仍然保存着它的历史痕迹,让我与时间有更紧密的联结,好像自己也成为历史的一部分。

我的工作室有很多扇窗户,抬头便可以看到花园的美景,有百年的雪松和棕榈树。日落时分,温暖的光束穿过树叶缝隙,轻洒在房间里,这些细节营造的自然轻松的氛围,都是弥足珍贵的存在。

您的工作室里是否有一个空间可以让您整理创作的思绪?

太过投入创作,而不让大脑休息片刻是有风险的,因为书籍的整体创作可能会迷失方向。这也是我想在工作室里打造一个咖啡角的原因。这是我可以喝杯咖啡休息的小角落。消化想法对插画创作很重要。当我停下手中的画笔,独自思考,或者和家人朋友交流后,混乱的想法就会变清晰。很多时候,我的想法可能比较感性。咖啡角让我理清思路,更好理解我的工作。

您之前一直在从事舞台和服装设计工作,什么时候发现对插画的兴趣的呢?为什么毅然离开了剧场?

我热爱视觉叙事艺术,尤其是戏剧和电影,大学也毫不犹豫地选择了布雷拉美术学院(Accademia di Belle Arti di Brera)的舞台和服装设计系。毕业后,我在罗马待了将近一年。我在电影、歌剧和剧院的幕后担任裁缝师,同时在电影服装基金会当研究员的助手。那段时间我有很多美好的经历,但也伴随着矛盾复杂的

03, 04
德里欧多的工作室

弗兰切斯卡·德里欧多
Francesca dell'Orto

05
《当时我在》
That Time I was

情感。我很幸运有机会近距离欣赏费德里科·费里尼（Federico Fellini）等大导演的电影服装，学习如何通过绘画、染色、老化和装饰去制作过去年代的衣服。但另一方面，我无法忽视的事实是剧场工作在经济上很难支撑我的生活。

所以，我不得不回到家乡米兰，想清楚未来的路。我开始为高级时装设计面料，这份工作很适合我，但还是无法实现我内心的愿望——讲故事。于是，我去插画领域寻找新机会。那年夏天，我参加了萨尔梅德开设的插画课程。刚开始，我只是抱着培养爱好的心态，根本没有预料这让我找到了新的人生方向。我很清楚这是一条很艰难的路。我在剧场也有很多愉快的回忆，但我还是无法维持生计。因此，我担心再次陷入窘境。

在短短的一周里，我无法自拔地爱上了插画。我又重拾了小时候阅读、想象和创造故事的快乐。我决定朝之努力，于是报名了其他课程。在下半年，我准备了有10张插画的作品集，寄向了世界各地的数百家出版社，希望有机会能在博洛尼亚童书展上向编辑们展示作品。之后我收到了阿联酋的Kalimat出版社的签约邀请。第二年我再参加博洛尼亚童书展时，我的手里不仅有了更专业的作品集，还多了绘本《我的朋友消失了》。从那以后，我有了更多创作绘本的机会。

您对视觉叙事的热爱早在童年就萌芽了是吗？您今天的艺术风格与早年的成长经历之间存在着特别的关联吗？

我发现在我决定成为插画家之前，我已经是个小插画家了。从小我就喜欢编故事，为它配图。我的童年离不开书籍与故事的陪伴。小时候，我最期待的就是夏天，不是因为这是去海边度假的最佳季节，而是因为我有更多机会去图书馆尽情借阅书籍。和父母出去旅游时，我都会随身带一两本书，一有空闲的时间就拿出来读。我阅读各种类型的书，在头脑里想象荒诞的情节，再用画笔去描绘。当时我对插画家这一职业还没有很清晰的认识，但阅读和绘画的确让我的童年充满幻想与创造的快乐。

我的艺术风格和成长经历有着密切的联系，比如我的配色习惯。我仔细观察我常用的颜色，发现它们正是我最熟悉的自然景致里能提取的色彩，或者是外婆毛衣的配色。我的外婆很爱织毛衣，我很喜欢她使用的毛线，还有它们交织产生的奇妙效果。小时候，我经常缠着外婆询问毛衣的配色方案，我还曾在她的阁楼里徘徊好几个小时，就为了寻找某个特定颜色的毛线。那些鲜艳的色彩组合，我至今仍记忆犹新，并无意识地将它们引用到我的艺术创作里。因此，可以说我对色彩的敏感扎根于我的童年。

弗兰切斯卡·德里欧多
Francesca dell'Orto

绘本的插画比文字更重要吗？您如何看待自己作为插画家的角色？

每一本绘本都像是一场旅程，读者可以发现作家和插画家各自的立场。他们在用不同的方式演绎着同一个故事，从而为读者开辟由文字和插画打造的两条路径。它们既是单独的旅程，又交汇创造了完整的故事。绘本的文字丰富着插画，反之亦然。我不认为文字或者图画哪一方更重要。我的插画既有呼应文字的部分，也有不同的地方，体现着我的视角、审美敏感性和生活经历。因此，阅读绘本是图文作者与读者的一次宝贵相遇，后者带来的新的视角，让故事在每一次阅读中鲜活变化着。

06-08
《轻盈的爱》
Al hawa, 2019

如果改编童话是一次剧场创作

戏剧、布料设计和个人经历是否塑造了您独特的视觉与情感文化？这些是您获取灵感的途径吗？意大利艺术文化为您的视觉语言的塑造提供了怎样的养分呢？

我们很难追溯创意的起源，它来自我们的文化背景、知识储备和个人经历。我们所有的经历，无论是真实的还是"想象的"（因为我们内化后的经历并不与实际情况相符），培养我们创作故事的情感和视觉表达能力。

剧场设计的思维模式给了我很多启发。视觉叙事都离不开对角色、场景、动作等关键元素的研究，所以戏剧和绘本创作有着异曲同工之妙。我阅读的书籍并不受限于插画，实际上，我也没有收藏很多插画创作的书籍，更多的是时装、戏剧、设计、美学、艺术史和哲学方面的书。我相信多样化的阅读带给我更多的创作自由。

我的灵感还来源于内心。我们所创造的事物可能来源于我们的个人经历。每次阅读新故事，我都会试图与之共情，把自己置于角色的处境。比如我与西班牙出版社合作的《花木兰》，不仅仅是一个勇敢的女子女扮男装、代父从军的英雄故事，它也讲述了自我认同的主题。虽然故事发生在遥远的古代中国，我仍然能在花木兰和我的成长经历之间找到联系。我回忆青春期时我对人生重大命题的思考，比如我是谁？我的人生道路在哪里？我用我的经历来体会花木兰的故事，这个共情过程，是我在创作绘本时很重要的内省环节。

弗兰切斯卡·德里欧多
Francesca dell'Orto

经典故事的改编和再演绎是一个不小的挑战，不仅是因为童话故事本身的复杂性，也是因为过去已经有非常多优秀的版本了。您是如何摸索出自己独特的视角的呢？

剧场设计帮助我找到了改编童话的新视角。很多技巧注重创作者自身如何沉浸在故事里，与情境和角色共情。这些都是我从戏剧领域借鉴的方法。阅读文本就是以第一视角体验故事，并与角色互动的过程。第一直觉很重要，我试图走进故事，摸索自己最直观的感受和想法。我会问自己如果我是角色，我会如何应对当下的处境。

我还会对文本做细致的分析。如果你仔细阅读经典，就会发现很多意料之外的关键概念。一切都不是理所当然的，童话的许多元素被赋予了特定的象征意义。而我要做的就是寻找合适的角色、场景、光影和色彩，去反映这些概念，去呈现第一直觉感受到的画面。例如，《白雪公主》里的镜子，是"美"的概念的化身，是故事里的关键元素。我选择会变形的纱布去诠释镜子，它会根据照镜子的人改变模样。这里的镜子不再只是一件物品，它的变化反映角色的自我认识。

我特别喜欢在视觉上强化叙事的对比。虽然这样的反差不可避免地多了几分说教的意味，但我的确更偏好利用概念去吸引读者的注意。《白雪公主》里的皇后有着非常结构化的身段，穿着束腰衣和硕大的摆裙，戴着一顶假发。她的裙子上印满了花朵和爬行动物。优雅、华丽又夸张的形象影射着她的虚荣和残酷。相反，白雪公主有着蓬松散落的长发，穿着一条简单柔软的白裙子。小矮人身上也装饰着很多蘑菇的元素，因为他们与蘑菇在气质上有很多相似之处——美丽而谦逊。这些缤纷的色彩与形状，让小矮人散发着从内而外的自然美，和宫殿里奢华虚假的人造美形成了鲜明对比。这样的视觉反差向小读者们清晰地呈现角色截然不同的特点。

09
《花木兰》
La Balada de Mulàn, 2020

10
《白雪公主》
Blancanieves, 2019

从解读童话文本，到设计最后的绘本，您经历了怎样的视觉研究过程呢？

视觉研究是我创作绘本的最重要的环节。我对具体项目的研究都是与文本紧密联系的，我所做的事情更像导演的工作。我会花很多时间阅读故事脚本，在字里行间挖掘中心思想、角色的特点等。这些概念标记出了一条我在创作中可以遵循的路径。为了带给读者新的想法，有时我会在插画中添加文本没有的元素。比如我特别喜欢《白雪公主》中的"接纳"概念。小矮人发现有人在他们家偷吃东西、喝酒、用餐具、在床上睡觉，但他们还是欢迎白雪公主成为家里的一员，并细心地照料她。我想强调小矮人愿意接纳他人的慷慨行为，但我没有直白地展现这一想法，而是为白雪公主添上一顶和小矮人一样的帽子。这一文本之外的细节考验着读者细致的观察和理解力。

有人认为今天的孩子不应再读王子和公主的古老故事。您却坚持创作这类经典故事的原因是什么？

小时候，父亲常常给我读童话书，他会合上书本编故事。这些遥远的关于童话的图像依然保留在个人和集体的回忆里，让我倍感亲切，时刻带给我温暖、幸福和家的感觉。流传了几个世纪的童话，俨然成为历史文化的重要部分，丰富着我们的文化和思想。这些经典故事反映的善良、残酷、疯狂、天真、热恋、绝望与虚荣是社会和人类的一面镜子。

童话书写的是孩子在人生中无法回避的复杂情感。这些故事提供安全的场所去历经各种难题和情感。不管是孩子还是成人，都能够从童话里找到我们思想的根源，提出质疑，学会思考。比如《白雪公主》展现了嫉妒和虚荣如何让人变得残酷，而对忠告置若罔闻又会如何让自己身陷险境。

11, 12
《白雪公主》
Blancanieves, 2019

弗兰切斯卡·德里欧多
Francesca dell'Orto

出于对儿童适宜性的考虑，许多童话读物都选择修改或删除原始版本中黑暗残忍的故事情节，您有试图回避对这些内容的呈现吗？

我认为我的插画是精致而有力的。我喜欢精致优雅的细节，但我也会尝试用色彩传递强烈的情感。我不会创造太暗黑或者露骨的插画，而是通过色彩或者细节表现童话的阴暗氛围。《灰姑娘》里姐姐们穿的华丽的皮草大衣和那只金雀鸟，都是文本没有的内容。这些细节看似优雅，但其实为画面平添了几分毛骨悚然的氛围。我试图在精致与力量之间寻求平衡。我相信童话的黑暗面需要被讲述，但是如果孩子们还没有准备好去接受某种氛围或情节，那么插画需要让孩子有能够往后退一步的可能。

《灰姑娘》
Cinderella, 2019

如果改编童话是一次剧场创作

迪士尼童话的风靡限制了新的审美的可能性。当您用个人的审美视角来演绎经典童话时，遇到的主要挑战是什么呢？

演绎童话题材的困难在于，迪士尼版本太深入人心，以至于很难发现新的审美方向。真正的挑战是如何抛开已有的认识，寻找新的起点。原始童话比迪士尼的"甜美"故事有更丰富的象征、对比和真实的情感。因此，它为插画家释放创意提供了更多的刺激。每次阅读童话，我发现有许多微妙的差异、对比、主题和

15

14

象征元素可以做有趣的尝试。经典童话具有深度，每个单词都变得重要。我的目标就是在图像中还原它的深意。

我相信经典故事通常提供更加复杂深刻的内容，直接影响了我对风格的选择。如果故事本身就比较简单，那么插画也能反映这一点。我所说的"简单"不是指叙事结构，而是指有些故事相较于内涵丰富的文本，有更少和清晰的概念。比如《花木兰》就是一个有深度的传统故事。我以前并不知道《木兰辞》，后来我有机会阅读这首长篇叙事诗，它的诗意美和现代性让我印象深刻，我深深折服于它对情感细腻的捕捉、丰富的场景描写、充满诗意的象征，还有风景与情感的交融。所以，我更倾向用与其他简单的儿童故事不同的风格去演绎它。

您觉得孩子阅读绘本的方式和成人有哪些不同？他们如何启发您的绘本创作呢？

14-16
《稻草人和玫瑰丛》
The Scarecrow and the Rosebush, 2017

弗兰切斯卡·德里欧多
Francesca dell'Orto

孩子是最忠实和完美的读者，我从他们的眼睛里看到很多成人正在丧失的好奇。孩子总是真诚地提问关于这个世界的各种问题，这让我更有动力去画充满细节的插画，等待他们去观察和发现。另一个不同之处是孩子们有更强的共情能力，虽然他们清楚童话不是真实的，但相比成人，孩子更容易沉浸于故事。我努力打造让他们沉浸其中的故事环境，自在地与丰富的场景、道具和人物共情。另外，每个读者的共情能力是不同的，这与他们敏感心智的发展有关。即使观察同一张图，每个人的反应也是不同的。所以我努力在插画中创造更多元的视角，这样小读者就有更多不同的发现和思考，我也能表现出童话本身所拥有的丰富的解读层次。

这让我们想起您之前提过的"阈限"（liminal），这是戏剧研究的常用概念。您用它来解释阅读和创作绘本的过程，都是进入了一个临界的场域，在理解故事的同时建立个人的世界？

书是一个非常强大的工具，它能改变我们的内在和周围的空间，支持这种互动性的是人类特有的穿梭于幻想与现实的能力。绘本作为一个物理实体，就像剧场里隔着观众和舞台的"第四面墙"，是故事和现实的边界，一切事情都可能发生，一切现有规则都可以打破。这是改变我们周围世界，重新书写现实的机会。

在古老的仪式里，人们可以通过面具和祭祀服装进入另一个世界，暂时性变成另一个人。就像孩子们的角色游戏，很自然地假扮其他人和事物。绘本也具有相

16

同的力量，可以让创作者忘记他所知道的一切，用图像去打造属于他的新世界。当孩子阅读绘本时，他们也在进行同样的游戏，使用童话的元素，在自己的规则之上构建新世界。所以，如果每个人都忠于内心，他们所解读的童话都不相同。某个特定的元素启发了我对童话的新理解，但也许对其他人没有任何意义。想象的过程由个人的经历和文化决定。影响我的视觉和情感文化的元素是自然、戏剧、面料和个人经历。

如果改编童话是一次剧场创作

您为什么选择数码绘画去演绎古老童话?

数码绘画让我把绘本变成了我所熟悉的戏剧舞台。我有意把角色设计成木偶,从而更容易地对它修改和调整。我把插画场景看作舞台的背景。在绘制完不同的场景、人物和物件后,我把所有元素综合,像在剧场舞台上一样移动它们,直到找到视觉的平衡点,让故事的表达更流畅。之后,我再精细地处理插画中的细节。一切就绪,我会像灯光师一样布置光影和氛围。

剧场设计注重光影对氛围的营造。光影在您的叙事里担任什么作用呢?

在完成叙事结构的整体设计和叙事要素的综合后,我会花更多时间思考光影和色彩。它们是故事的背景音乐,是传递情感的重要元素,在视觉上发挥着烘托故事氛围的重要作用。如果我想要塑造令人不寒而栗的氛围,我会绘制暗长恐怖的阴影。例如在《莴苣姑娘》中,女巫向偷食莴苣的夫妇索要孩子,我画的阴影一直蔓延至一家人紧紧相拥的小床边,暗示一股邪恶势力对小生命的威胁。另一个例子是花木兰到达士兵营地的场景,黑夜里唯有几束火把照耀着光亮,就像动乱的时局下人们渺茫的希望。相反,幸福的结局都是明亮的,沐浴在和煦的阳光下。因此,光影作为一种象征,自然唤起人们的感受,就像一个孩子本能地害怕黑暗,而明媚的一天又会带给我们愉快的心情。

人物的服装在您的角色设计中有多重要?您对它们的研究是如何展开的呢?

衣服是角色的第二层皮肤。它不仅是外在的装饰性元素,也呼应着角色的内在特点。读者能够透过衣服理解角色的想法和行为方式。我写下很多形容词来定义角色。我会思考这些感性直觉背后的原因,然后深入发展这些想法。

在《灰姑娘》里,辛迪瑞拉穿的不只是一条简单的旧裙子,它代表着她的过去。每次辛迪瑞拉打扫完屋子,就会把破布缝进裙子,直到衣服变得非常厚重。这件破裙子向读者讲述着她的悲惨经历,而把残破的布料编织成美丽衣服的行为,也代表着辛迪瑞拉改变生活的积极态度。另一个例子是《白雪公主》里的皇后,我想用服饰

弗兰切斯卡·德里欧多
Francesca dell'Orto

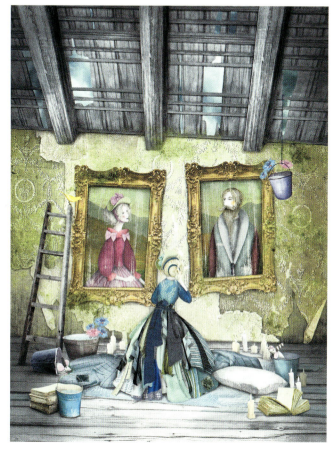

17
《白雪公主》
Blancanieves, 2019

18
《灰姑娘》
Cinderella, 2019

体现她的华丽与浮夸。我参考了欧洲史上最著名的两位女王，裙子的面料灵感来自一幅伊丽莎白女王的肖像画，我用植物和爬行动物的图案去打造一种残酷感，而裙子的剪裁还受到了玛丽女王蓬松摆裙的启发。我改变了皇后的穿着打扮，并不是为了改写童话的时间背景，而是去创造一种对权力和虚荣的象征。

设计角色时，我还喜欢参考戏剧、装饰艺术或者其他文化元素。比如《白雪公主》里的小矮人的形象就参考了二十世纪初俄罗斯芭蕾舞和奥斯卡施莱默（Oskar Schlemmer）的三合一芭蕾舞服装的色彩和剪裁。这些戏剧风格的服装都是我在角色设计上较为感性的部分，之后我会把它和角色的叙事功能相结合。这种理性研究与感性直觉的平衡决定了绘本角色最终的形象特点。

如果改编童话是一次剧场创作

自然元素在您的书中就像剧场精选的道具，默默讲述着故事。《莴苣姑娘》里的植物都有什么关键的象征意义呢？

自然是人类在视觉上共享的事物。自然元素有着深层的象征和历史含义，它们从古至今就存在于这片土地，已经变成人类群体想象的一部分。所以，相比其他事物，自然是更好的象征物。而且自然是会呼吸的生命体，我相信它与人的内在感受是紧密相连的。我喜欢自然与几何元素的结合，它们不仅打造了故事发生的物理空间，也是故事发展和人物情绪的外在呈现。最典型的例子就是《莴苣姑娘》，故事从一个奇妙的花园开始，莴苣被盗走去孕育一个后来被冠以相同名字的新生命。在故事的前半段，自然一直展现着它的美丽与神奇，直到故事的高潮——巫婆将莴苣姑娘送到荒野，自然转瞬消失了。最终主人公们迎来幸福的结局，他们身后的植物再次出现，而且变得更富有生机和活力。

如果每本书都代表一段宝贵的经历，过去的作品如何帮助您成长为一名成熟的绘本家呢？

每一本书都是一次艺术冒险，我不会把同一套方法套用在任何一本书的创作里，我的设计取决于我要讲述的故事。在一些书里，我更致力于角色设计，比如《灰

19, 20
《莴苣姑娘》
Rapunzel, 2018

弗兰切斯卡·德里欧多
Francesca dell'Orto

姑娘》，我想设计风格更戏剧化的服装，于是我提升了自己在这方面的知识。而有的书我可能更专注于色彩。在《轻盈的爱》里，我使用了很多灰色，因为我能以这个中性色为起点创建光影，调整色调。不过在近年的作品里，我尝试了更复杂的配色，同时确保整体配色的和谐感。

每个作品都要求我推翻过去的想法，去寻找真正能反映故事主旨的关键元素。有时通过试验新方法，我实现了想要的效果，但也可能我又回到了原点。我希望我的风格能不断进步来更好地服务故事。另一方面，我又不想让它变成一种固定的模式。我知道这个平衡点很难把握，但我还有很多时间可以探索。

著者及作品一览表

贝娅特丽丝·阿勒玛尼娅 Beatrice Alemagna

《乌戈林的秘密》 Le secret d'Ugolin. Beatrice Alemagna. Seuil Jeunesse, 2000.

《一只狮子在巴黎》 Un lion à Paris. Beatrice Alemagna. Autrement Jeunesse, 2006.

《爱分心的小孩去散步》 El paseo de un distraído. Gianni Rodari & Beatrice Alemagna. Editorial SM, 2007.

《小孩是什么？》 Che cos'è un bambino?. Beatrice Alemagna. Topipittori, 2008.

《五个坏家伙》 I cinque Malfatti. Beatrice Alemagna. Topipittori, 2014.

《很棒的胖胖毛茸茸的小东西》 Le merveilleux dodu velu petit. Beatrice Alemagna. Abin Michel Jeunesse, 2014.

《麻烦制造者洛塔》 Lotta Combinaguai. Astrid Lindgren & Beatrice Alemagna. Mondadori, 2015.

《无所事事的奇妙一天》 Un grand jour de rien. Beatrice Alemagna. Abin Michel Jeunesse, 2016.

《哈罗德·史尼珀波特最棒的灾难》 Harold Snipperpot's Best Disaster Ever. Beatrice Alemagna. HarperCollins, 2019.

《玻璃女孩吉赛尔》 Gisèle de verre. Beatrice Alemagna. Albin Michel Jeunesse, 2019.

《消逝的事情》 Les Choses Qui S'en Vont. Beatrice Alemagna. hélium éditions, 2019.

《我的爱》 Mio amore. Beatrice Alemagna. Topipittori, 2020.

塞尔吉奥·鲁泽尔 Sergio Ruzzier

《为什么鼹鼠呐喊和其他故事》 Why Mole Shouted and Other Stories. Lore Groszmann Segal & Sergio Ruzzier. Farrar, Straus and Giroux, 2004.

《奇妙的屋子》 The Room of Wonders. Sergio Ruzzier. Frances Foster Books, 2006.

《你见过我的新蓝袜子吗？》 Have You Seen My New Blue Socks?. Eve Bunting & Sergio Ruzzier. Clarion Books, 2013.

《遗留》 Leftovers. Sergio Ruzzier. La Grande Illusion, 2014.

《给李欧的信》 A Letter for Leo. Sergio Ruzzier. Clarion Books, 2015.

《两只老鼠》 Two Mice. Sergio Ruzzier. Clarion Books, 2015.

《艺术家的人生》 The Life of an Artist. Sergio Ruzzier. La Grande Illusion, 2015.

《这不是一本图画书！》 This Is Not a Picture Book!. Sergio Ruzzier. Chronicle Books, 2016.

《给完美小孩的童话》 Tales for the Perfect Child. Florence Parry Heide & Sergio Ruzzier. Atheneum Books for Young Readers, 2017.

《借口》 Pretesti. Sergio Ruzzier. La Grande Illusion, 2018.

《狐狸和小鸡：派对和其他故事》 Fox & Chick: The Party and Other Stories. Sergio Ruzzier. Chronicle Books, 2018.

《狐狸和小鸡：划船记和其他故事》*Fox & Chick: The Quiet Boat Ride and Other Stories*. Sergio Ruzzier. Chronicle Books, 2019.

《像蒲公英一样喧闹》*Roar Like a Dandelion*. Ruth Krauss & Sergio Ruzzier. HarperCollins, 2019.

菲丽西塔·萨拉 Felicita Sala

《去往奥伊斯特贝：琼斯夫人和儿童权益游行》*On Our Way to Oyster Bay: Mother Jones and Her March for Children's Rights*. Monica Kulling & Felicita Sala. Kids Can Press, 2016.

《爷爷的白头发》*Perché mio nonno ha i capelli Bianchi*. Mauro Scarpa & Felicita Sala. Zoolibri, 2017.

《我不画画，我上色！》*I Don't Draw, I Color!*. Adam Lehrhaupt & Felicita Sala. Simon & Schuster, 2017.

《克拉姆先生的土豆危机》*Mr. Crum's Potato Predicament*. Anne Renaud & Felicita Sala. Kids Can Press, 2017.

《龙医生琼·普罗克特：热爱爬行动物的女子》*Joan Procter, Dragon Doctor: The Woman Who Loved Reptiles*. Patricia Valdez & Felicita Sala. Knopf Books for Young Readers, 2018.

《她制造了一个怪物：玛丽·雪莱和弗兰肯斯坦》*She Made a Monster: How Mary Shelley Created Frankenstein*. Lynn Fulton & Felicita Sala. Knopf Books for Young Readers, 2018.

《洋葱颂：聂鲁达和他的缪斯》*Ode to an Onion: Pablo Neruda and His Muse*. Alexandria Giardino & Felicita Sala. Cameron, 2018.

《花园街10号》*Au 10, Rue des Jardins*. Felicita Sala. Cambourakis, 2018.

《秘密基地》*The Hideout*. Susanna Mattiangeli & Felicita Sala. Harry N. Abrams, 2019.

《绿色的四季诗篇》*Green on Green*. Dianne White & Felicita Sala. Beach Lane Books, 2020.

《你的生日是最棒的！》*Your Birthday Was the Best!*. Maggie Hutchings & Felicita Sala. Affirm Press, 2020.

《阿诺和他的马》*Arno and His Horse*. Jane Godwin & Felicita Sala. Scribble Books, 2021.

《做一棵树！》*Be a Tree!*. Maria Gianferrari & Felicita Sala. Abrams Books, 2021.

莫妮卡·巴伦戈 Monica Barengo

《我认识卡梅拉》*Io so' Carmela*. Alessia Di Giovanni & Monica Barengo. Becco Giallo, 2013.

《花粉：爱情故事》*Polline: Una storia d'amore*. Davide Calì & Monica Barengo. Kite Edizioni, 2013.

《云》*Nuvola*. Alice Brière-Haquet & Monica Barengo. Kite Edizioni, 2016.

《没有理由的一天》*Un giorno senza un perché*. Davide Calì & Monica Barengo. Kite Edizioni, 2017.

《蝴蝶遇见公主》*The China Bottle*. 郝广才 & Monica Barengo. 格林文化, 2017.

《爷爷的玩具王国》*The Spinning Top*. 郝广才 & Monica Barengo. 格林文化, 2017.

《茶》*About Tea*. 郝广才 & Monica Barengo. 格林文化, 2018.

《一个很长的故事》*C'est bien trop long à raconteur*. Isabelle Damotte & Monica Barengo. Motus, 2018.

《作家》*Lo scrittore*. Davide Calì & Monica Barengo. Kite Edizioni, 2019.

《画一只鸟》 *Pour Faire Le Portrait D'Un Oiseau.* Jacques Prévert & Monica Barengo. 格林文化, 2019.

玛利亚基娅拉·迪·乔治 Mariachiara di Giorgio

《给机智小孩的故事》 *Favole per bambini spiritosi.* Gianni Rodari & Mariachiara di Giorgio. Editori Internazionali Riuniti, 2013.

《双翼》 *Due ali.* Cristina Bellemo & Mariachiara di Giorgio. Topipittori, 2016.

《鳄鱼的一天》 *Professione coccodrillo.* Giovanna Zoboli & Mariachiara di Giorgio. Topipittori, 2017.

《做梦的维多利亚》 *Victoria sogna.* Timothée de Fombelle & Mariachiara di Giorgio. Terre di Mezzo Editore, 2017.

《七和一：七个孩子和八个故事》 *Sette e uno: Sette bambini, otto storie.* Gianni Rodari, Beatrice Masini, Bernard Friot, Ulrich Hub, Daria Wilke, Dana Alison Levy, Yu Li-Qiong, Jorge Lujan & Mariachiara di Giorgio. Einaudi Ragazzi, 2017.

《唯一的安东尼》 *Uno come Antonio.* Susanna Mattiangeli & Mariachiara di Giorgio. Il castor, 2018.

《秘密花园》 *The Secret Garden.* Frances Hodgson Burnett & Mariachiara di Giorgio. White Star, 2018.

《玛蒂尔德》 *Matilde.* Luís Correia Carmelo & Mariachiara di Giorgio. Bruaá Editora, 2018.

《午夜集市》 *The Midnight Fair.* Gideon Sterer & Mariachiara di Giorgio. Walker Books, 2020.

亚历山德罗·桑纳 Alessandro Sanna

《你见过蒙德里安吗？》 *Hai mai visto Mondrian?.* Alessandro Sanna. Artebambini, 2007.

《长河》 *Fiume Lento.* Alessandro Sanna. Rizzoli, 2013.

《白鲸记》 *Moby Dick.* Alessandro Sanna. Alessandro Berardinelli, 2013.

《匹诺曹的起源故事》 *Pinocchio: the Origin Story.* Alessandro Sanna. Enchanted Lion Books, 2015.

《成长》 *Crescendo.* Alessandro Sanna. Gallucci, 2016.

《如同此石：一切战争之书》 *Come questa pietra.* Il libro di tutte le guerre. Alessandro Sanna. Rizzoli, 2019.

弗兰切斯卡·桑纳 Francesca Sanna

《旅程》 *The Journey.* Francesca Sanna. Flying Eye Books, 2016.

《不会下雨的洞》 *Ein Loch gegen den Regen.* Daniel Fehr & Francesca Sanna. Atlantis, 2016.

《我和怕怕》 *Me and My Fear.* Francesca Sanna. Flying Eye Books, 2018.

《大山先生，快让开！》 *Geh Weg, Herr Berg!.* Francesca Sanna. Atlantis im Orell Füssli, 2018.

《我的地球朋友》 *My Friend Earth.* Patricia MacLachlan & Francesca Sanna. Chronicle Books, 2020. Visit www.ChronicleBooks.com.

《珀金的完美紫色：男孩如何用化学创造颜色》 *Perkin's Perfect Purple: How a Boy Created Color with Chemistry.* Tami Lewis Brown, Debbie Loren Dunn & Francesca Sanna. Little, Brown Books for Young Readers, 2020.

马可·索玛 Marco Somà

《小红母鸡》 *La gallinella rossa.* Pilar Martinez & Marco Somà. Kalandraka Italia, 2012.

《青蛙女王：不能弄湿她的脚》*A rainha das rãs: não pode molhar os pés.* Davide Calì & Marco Somà. Bruaà Editora, 2012.

《不需要声音》*No hace falta la voz.* Armando Quintero & Marco Somà. OQO Editora, 2013.

《机器人》*Robot.* Bruno Tognolini & Marco Somà. Rizzoli, 2014.

《沼泽的召唤》*Il richiamo della palude.* Davide Calì & Marco Somà. Kite Edizioni, 2016.

《睡鼠的七张床》*I sette letti di Ghiro.* Susanna Isern & Marco Somà. Nube Ocho, 2017.

《三只小猪》*I tre porcellini.* di Xosé Ballesteros & Marco Somà. Kalandraka Italia, 2017.

《幸福卖家》*Il venditore di felicità.* Davide Calì & Marco Somà. Kite Edizioni, 2018.

《无限》*L'infinito.* Giacomo Leopardi, Daniele Aristarco & Marco Somà. Einaudi Ragazzi, 2019.

《做自己》*Essere me.* Luca Tortolini & Marco Somà. Kite Edizioni, 2020.

西蒙・雷亚 Simone Rea

《伊索寓言》*Favole.* Esopo & Simone Rea. Topipittori, 2011.

《卖气球的人》*L'uomo dei palloncini.* Giovanna Zoboli & Simone Rea. Topipittori, 2014.

《黑暗快走开！》*Via buio, togliti!.* Hélène Gaudy & Simone Rea. Topipittori, 2016.

《风》*Il vento.* Alessandro Riccioni & Simone Rea. Il Leone Verde, 2016.

《格罗努特》*Gronouyot.* Stéphane Servant & Simone Rea. Didier Jeunesse, 2017.

《纳斯拉的影子》*Les ombres de Nasla.* Cécile Roumiguière & Simone Rea. Seuil Jeunesse, 2019.

《照顾我》*Abbi cura di me.* di Simone Cristicchi, Nicola Brunialti & Simone Rea. Lapis Edizioni, 2019.

《桌子的故事》*I racconti del tavolo.* Chiara Carminati & Simone Rea. Vanvere Edizioni, 2020.

弗兰切斯卡・德里欧多 Francesca dell'Orto

《我的朋友消失了》*My Friend Disappeared.* Francesca dell'Orto. Kalimat Press, 2017.

《稻草人和玫瑰丛》*The Scarecrow and the Rosebush.* Ελένη Τασοπούλου & Francesca dell'Orto. Kokkini Klosti Demeni, 2017.

《莴苣姑娘》*Rapunzel.* Wihelm Grimm & Francesca dell'Orto. Yeowon Media, 2018.

《白雪公主》*Blancanieves.* Jacob Grimm & Francesca dell'Orto. Edelvives, 2019.

《轻盈的爱》*Al hawa.* Francesca dell'Orto. Kalimat Press, 2019.

《灰姑娘》*Cinderella.* Wihelm Grimm & Francesca dell'Orto. Yeowon Media, 2019.

《花木兰》*La Balada de Mulàn.* Mònica Rodriguez & Francesca dell'Orto, Edelvives, 2020.

《圣诞颂歌》*Un canto di Natale.* Charles Dickens & Francesca dell'Orto, Edizioni Arka, 2020.

《当时我在》*That Time I was.* Maddalena Oriani & Francesca dell'Orto, Personal Project.

本表只列在本书提及的插画家的出版书目。
感谢本书插画家们和出版社对图片的授权使用。

致 谢

在此谨向所有参与本书的插画家致以诚挚的谢意。如果没有你们的信任与支持，本书不可能存在。感谢你们对创意的不懈追求和对插画书籍的文化贡献。感谢你们真挚分享的创作精粹与人生故事，希望本书能够传递对绘本文化价值的热情和敬畏，跨越所有语言和思想的障碍，去开启一场文化探讨。

特别鸣谢：

感谢我的好朋友玛德莱娜，因为有她的引路，我幸运地与另一个文化建立了更深的联结。因为有她的睿智和成熟，很多难题都迎刃而解。恰恰是一种思维和个性的互补，让我们成为最默契的合作者，也是彼此最严厉的读者。

我还想感谢玛德莱娜的耐心，去接纳我的顽固和不成熟，她的坚强，在充满变故和挑战的两年里与我分享所有的快乐和悲伤，还有她的每一个拥抱，都是我最珍贵的礼物。

感谢金荻和翠杰，在米兰对我的照顾和陪伴。感谢王颖，对本书文字的把关。感谢我的家人从始至终对我梦想的支持，并向我的奶奶致以最亲切的敬意。

感谢《鳄鱼的一天》，因为有它，我可以尽情回味一场短暂又刺激的旅程。

——邓早早

感谢早早，我时常焦虑的朋友和搭档。我从未遇过如此坚定和执着的合作伙伴，她会为了一个想法斗争到底。在对创作的争论上，早早也是第一个让我想要"喘口气"的人。这带来了两个好处：首先是我们之间精彩而富有成效的对话；其次是我找到了一个合作者，我信任她胜过自己。我无法说我们会一起构思创作多少本书，但想到我们对文化和优质内容的共同追求，这将不会是少数。

感谢 Alberto 支持我的任何想法，我无法在别处找到这份爱。感谢我的母亲，在我处于低谷时一如既往地支持我，我的父亲，在我谈论书籍和人生规划时，他眼里流露的骄傲。还有我的妹妹，她对事物精确化的热爱，和我们关于一切视觉设计的对话。

特别感谢致以Mattia Nesto、Evelyn Arizpe、Emanuela Vallardi和Francesca dell'Orto。

——玛德莱娜·欧利阿尼（Maddalena Oriani）

Il primo sentito ringraziamento va agli illustratori che si sono fidati di noi durante la lunga composizione di questo libro, senza il loro apporto nulla di tutto questo sarebbe stato possibile. Quindi grazie a Sergio Ruzzier, Felicita Sala, Beatrice Alemagna, Francesca Sanna, Mariachiara di Giorgio, Alessandro Sanna, Marco Somà, Monica Barengo, Simone Rea e Francesca dell'Orto.

Grazie per la vostra instancabile ricerca creativa e il vostro apporto culturale al mondo della letteratura illustrata. Grazie per i pensieri e i ragionamenti che avete condiviso con noi. Speriamo che questo libro possa promulgare passione e riverenza nei confronti del valore culturale dell'albo illustrato e aprire un dibattito che prescinda ogni limite linguistico e di pensiero.

——Fuling Deng e Maddalena Oriani

这是一本从插画家视角解读绘本叙事艺术的访谈集，编录了贝娅特丽丝·阿勒玛尼娅、塞尔吉奥·鲁泽尔、菲丽西塔·萨拉、亚历山德罗·桑纳等10位意大利插画家对绘本创作的理念、技巧与创意表达的思考。

10篇深度访谈，覆盖不同的主题，结合作品实例，有序地探讨绘本创作的关键问题，如儿童视角、图文关系、角色塑造、图像风格。除了插画家的倾情讲解，本书还收录了创作手稿、绘本插画、工作室等珍贵图片，多维度揭秘绘本创作幕后的灵感、理念与实践，为绘本爱好者和创作者提供多元思考。

图书在版编目（CIP）数据

与插画家同行. 意大利站 / 邓早早, (意) 玛德莱娜·欧利阿尼 (Maddalena Oriani) 编著. – 北京：机械工业出版社, 2021.4
（绘本艺术之旅）
ISBN 978-7-111-67697-3

Ⅰ.①与… Ⅱ.①邓… ②玛… Ⅲ.①儿童故事–图画故事–文学创作研究 Ⅳ.①I058
中国版本图书馆CIP数据核字(2021)第039336号

机械工业出版社（北京市百万庄大街22号　邮政编码100037）
策划编辑：马晋　穆宇星　　　　责任编辑：马晋　穆宇星
责任校对：梁倩　　　　　　　　版式设计：穆宇星
责任印制：孙炜　　　　　　　　封面插画绘制：Tong
北京利丰雅高长城印刷有限公司印刷

2021年4月第1版第1次印刷
240mm×240 mm · 18.666 印张 · 3 插页 · 293 千字
标准书号：ISBN 978-7-111-67697-3
定价：198.00元

电话服务	网络服务
客服电话：010-88361066	机 工 官 网：www.cmpbook.com
010-88379833	机 工 官 博：weibo.com/cmp1952
010-68326294	金 书 网：www.golden-book.com
封底无防伪标均为盗版	机工教育服务网：www.cmpedu.com

编排说明：
本书正文中所出现的人名，首次出现时标注外文原名。
本书所列图书只标注原版信息，以便查询，书名译名采取直译。